Icônes

Icônes

Nouvelles

Carmen L

Édition : BoD – Books on Demand
12/14 rond-point des Champs-Élysées, 75008
Paris
Impression : BoD - Books on Demand, Nor-
derstedt, Allemagne

Dépôt légal : Novembre 2020

ISBN 9782322254163

Pour commencer…

Un matin en allumant mon ordinateur, j'ai eu la mauvaise surprise de constater que toutes mes icones avaient disparu. L'écran sous mes yeux était vide, désespérément vide. Carmen venait de se réveiller, elle a assisté à la scène et sur le coup, je pense qu'elle n'a pas compris pourquoi je me faisais une montagne d'une si petite mésaventure.

J'ai tout laissé tomber -le ménage, le repassage, les courses- pour emmener mon ordinateur dans une boutique d'informatique et un petit génie barbu, en quelques manipulations dont il avait le secret, a fait revenir les icones. Carmen m'avait accompagnée et sur le chemin du retour, dans la voiture, elle est restée très silencieuse. Ce n'est pas dans ses habitudes, d'ordinaire elle commente ma façon de conduire, se plaint de cette mauvaise habitude que j'ai d'attendre mille ans pour passer mes vitesses.

Là, elle ne disait rien, se tenait immobile sur le siège passager et quand nous sommes arrivées chez moi, elle s'est aussitôt enfermée dans mon bureau.

Je n'aurais jamais imaginé qu'un écran tout à coup vidé de ses images familières pourrait susciter les histoires qui suivent. Je crois que certains mots peuvent avoir un pouvoir étrange. Ils s'installent dans la tête avec tout ce qu'ils sont capables de contenir -des villes avec des citadelles et des odeurs de peinture à l'huile, des explosions et des coups de feu, un bouquet de fleurs avec des roses à l'intérieur, un bruit de tambour. Des destins.

Le mot *icône*, qui sous la plume de Carmen a pris un accent, en fait sans doute partie.

Dominique

La madone

J'ai aperçu de loin sa silhouette, qui se découpait dans le soleil couchant. Je connais cette façon qu'ont les dernières lumières du jour, par ici, de dessiner les formes afin qu'on ne puisse pas se tromper. Un trait très sûr, impitoyable, j'ai su tout de suite que c'était elle. J'ai reconnu les chairs épaisses à partir du bassin, le reste presque gracile et cette habitude de pencher la tête, cette inclinaison quasi permanente.

Il m'a semblé qu'elle avait attaché son voile. Ou alors c'est le vent qui l'aura rejeté en arrière, me suis-je dit. Depuis la veille au soir il est comme fou et nous envoie du sable, alors nous nous frottons les yeux, tous, à les rendre rougis comme par le feu et nous n'osons plus lever la tête vers le ciel.
Je l'ai vue faire elle aussi, de loin je l'ai vue se prendre le vent, la poussière de sable jaune. Les yeux sur ses chaussures, le corps plié, son voile déjà sali par le souffle du désert.
Et pas fière, ça la change. Une autre pourrait s'y tromper peut-être, la prendre pour une habitante de la Citadelle, une qui ne sort pas souvent et qu'on a du mal à identifier du premier coup. Pas moi, qui sais bien que ce n'est que le vent venu du Sud et l'affaire de quelques heures, cette humilité. Ensuite tout se calmera, le sable s'en retournera dans les dunes, il se posera en pluie sur les dos ronds du Sahara et elle... vous verrez qu'elle lèvera la tête et vous fusillera du regard.

Elle est du genre à ne pas vouloir des autres

Il ne l'aurait pas prise en photo, elle, quand c'est arrivé. Ou il n'aurait pas été là et elle serait restée seule devant son mur, à faire semblant de pleurer, de se trouver mal.

Ce qui est vrai, vrai de vrai, c'est la nuit déchirée. Leur arrivée, sans prévenir.

Des bêtes fauves sous le ciel noir.

—Ils voulaient nous égorger, tous, lui disaient ceux qui étaient restés vivants. Ils jetaient les corps par les fenêtres. Vous êtes de l'AFP ? Allez voir à l'hôpital, mais ils ne laissent pas entrer les familles, alors un photographe…

Il en aurait choisi une autre à ce moment-là, une qui levait les bras vers le ciel pour l'insulter parce qu'il avait permis cela, ou une autre qui vacillait, les mains encore couvertes du sang d'un enfant, tout aurait été alors très différent. Mais comment lui dire une chose pareille, qu'il a dû se répéter mille fois ? Pourquoi remuer le couteau dans la plaie et venir le torturer avec des regrets?

Nous évitons de parler d'elle, c'est ce qu'il y a de mieux à faire et c'est comme si elle n'avait plus de nom. Juste *la Madone*, quand l'envie est trop forte. Avec le menton en avant, un coup, l'air de dire « l'autre, là ».

Parfois je dis *L'autre*, aussi et il fait semblant de ne pas comprendre, me demande de qui je parle.

—C'est qui, l'autre ? Tu ne peux pas dire les noms, de temps en temps, que je m'y retrouve ?

—La Madone, si je prononce son nom vous vous mettrez dans tous vos états et il faudra appeler le docteur. Vous savez bien qu'il déteste monter jusqu'ici, les escaliers le fatiguent, il dit que sa trousse est lourde, que d'en bas jusqu'ici, à mesure elle pèse une tonne et que nous vivons tous dans un quartier impossible. Qu'il faudrait raser les maisons, à la fin.

Je l'ai vue avancer très lentement, je l'ai vue se frayer un passage à l'intérieur du vent qui joue à emmêler le linge qui sèche, à tordre les draps et à faire voler les serviettes, les chemises et j'ai failli aller le prévenir. Lui dire voilà, dans quelques minutes elle frappera à votre porte avec son voile dans tous ses états qui lui couvrira le visage et vous lui crierez que c'est ouvert. Elle le sait bien, que c'est ouvert et que vous ne fermez que la nuit. Ici tout le monde fait ainsi, parce que le jour fait fuir les voleurs et les importuns.

Elle est au courant, connaît notre vie.

Mais j'ai renoncé à l'avertir, parfois il faut réfléchir avant de parler. Et je l'ai regardée un moment, qui approchait en soufflant. Je sais que la côte est difficile, et les escaliers. Ah, les escaliers. Elle agitait une main comme si elle cherchait une rampe à laquelle s'agripper, un secours pour ses jambes douloureuses, pour son cœur qui s'emballait. Mais il n'existe pas de rampe ici, personne n'a prévu d'en installer une parce que nous manquons de place, nos ruelles sont trop étroites, d'une fenêtre à celle d'en face les gens se touchent. Alors chacun monte, c'est tout. Un pas après l'autre, en s'appliquant. Et personne ne se plaint.

Elle, si. Je l'ai entendue râler de loin, en appeler à Dieu, qui aurait dû empêcher qu'on construise des maisons par ici, les unes au-dessus des autres sur une pente qui monte au ciel. Comme s'il avait réclamé une citadelle jusque dans son domaine.

Ces satanés escaliers disait-elle, ces satanés murs sales et ces odeurs à vomir, ces enfants qui traînent, ça n'a pas changé.

Jamais contente, décidément.

À un moment elle a relevé sa jupe pour monter plus facilement la rue dans laquelle elle s'engageait et j'ai aperçu ses chevilles, très fines, aussi fines que des poignets d'enfant et je me suis demandé comment elle arrivait encore à marcher, avec le derrière qu'elle a, le ventre, tout ce poids posé sur des chevilles pareilles. Mais ce devait être une question stupide, que j'ai vite laissée de côté. Et le soleil s'est couché d'un coup, c'est-à-dire qu'il a disparu derrière les premières terrasses et alors tout questionnement devenait inutile, parce qu'il m'a renvoyée à cette certitude : cette femme ne nous apportait rien de bon.

Comme s'il pouvait en être autrement.

Je me demande ce que j'espère, parfois. Ce que j'attend

—Cette photo ne m'a apporté que des ennuis, disait-il au début et il a répété cette phrase, toujours la même, pendant quoi - quatre ans, cinq ans.

Ensuite il en a pris son parti et s'est laissé aller au malheur comme on se laisse emporter par le courant de la rivière. C'est que le malheur n'atteint pas que les femmes, celles qui ont des enfants et les autres, restées sèches.

—D'ailleurs je n'ai jamais été mère, c'est ce qu'elle a dit à la télévision. Huit enfants, il a prétendu que j'avais perdu mes huit enfants, que c'était eux que je pleurais devant l'hôpital, au moment où il est arrivé avec son appareil mais c'est une invention ! C'est un mensonge de sa part, pour vendre la photo! Chez nous les femmes ont deux, trois enfants et elles s'arrêtent. Trois bouches à nourrir, c'est déjà beaucoup. Alors huit. Et pourquoi je pleurais devant ce mur, ça me regarde. Ensuite ils ont tous parlé de la Madone en collant leur nez sur mon visage… qui est-ce déjà, la Madone ? Et qu'est-ce que j'ai à voir avec elle ?

Elle était en colère, ses yeux le montraient et son voile tremblait sur ses épaules, des plis nouveaux apparaissaient, dérangeaient les autres. À un moment l'étoffe a glissé et elle l'a rattrapée d'une main, comme on attrape une mouche qui dérange.

—Ma photo partout, il n'a pas le droit. Vous comprenez ? Il n'a pas le droit de faire une chose pareille, moi je n'ai rien demandé.

Elle n'était pas si belle, à ce moment. Ou alors on avait mal réglé la lumière, ce qui est possible. Ensuite la caméra a fait un gros plan sur elle, parce qu'elle avait penché la tête. On ne se lassait pas de ce mouvement, qui renvoyait à la nuit des temps, à la douleur des mères quand on sacrifie leurs enfants. Il y a eu aussi ces yeux qu'elle faisait, qui s'en allaient très loin, exactement comme sur la photo, vraiment loin, là où les victimes prennent le chemin qui les monte au ciel. Et le regard bougeait lentement devant la caméra qui suivait tout cela, cette ascension -parce qu'il doit y avoir des tournants sur la dernière route, de larges tournants qui rallongent la marche. On croit qu'on monte tout droit au Paradis, mais non.

—Et qu'est-ce que tu en sais, toi ? Me dit-il quand j'évoque la question, parce qu'il faut bien le préparer à ce qui l'attend et parler un peu de l'au-delà.

Gros comme il est, d'après le docteur il ne va pas s'éterniser ici, son cœur va finir par lâcher.

—Je n'ai pas de certitudes pour ce qui est de grimper au ciel. J'imagine, c'est tout.

—Alors tais-toi et va me chercher un coca, j'ai soif.

Le coca cola est très mauvais pour lui, c'est une boisson bourrée de sucre et le docteur lui a interdit d'en boire. Mais les interdictions et lui. Seulement je ne peux rien lui refuser, moi et j'ai toujours deux bouteilles d'avance dans le frigidaire. Je n'ai jamais pris l'habitude de m'opposer aux gens et à lui, j'ai toujours tout passé.

C'est pourquoi il me garde auprès de lui. À son service. Même s'il ne me touche plus, à cause des kilos, des chairs qui plissent pour cacher le principal et de cette difficulté qu'il a à bouger, de plus en plus.

—Je n'ai même plus envie, c'est ce qu'il me dit. Voilà ce qui m'arrive, si tu veux tout savoir.

Ensuite il s'excuse et me caresse un bras, ou les cheveux. Il met les formes, sinon je serais partie depuis longtemps et retournée vers les quartiers d'en bas, d'où je viens. À côté de la caserne, vers les premières maisons. Je l'aurais quitté, comme la Madone a dû le faire.

Elle devait être trop essoufflée, ou alors elle avait envie de faire l'intéressante, encore une fois : elle s'est arrêtée devant l'épicerie, je la vois d'ici qui discute. On a dû la reconnaître de loin, à cause de cette façon qu'elle a d'arranger son voile et ils sont bien dix autour d'elle. On lui fait des courbettes, on la complimente, je les entends d'ici, et vous n'avez pas changé et on pense souvent à vous, par ici et comme vous êtes belle encore, presque aussi belle que sur la photo qui a fait le tour du monde. Et oui, il habite toujours là, comment voulez-vous qu'il déménage ? Il peut à peine passer d'une pièce à l'autre. Et il irait où, d'ailleurs ?

J'aurais tant voulu le sortir de cette maison mais je ne suis pas assez forte, ni assez persévérante. Je me disperse, une idée puis une autre qui vient bousculer la première.

—Vous pourriez au moins trouver un logement un peu plus bas, lui ai-je dit un jour. Vous auriez sûrement plus de visites et alors le temps vous paraîtrait moins long.

—Qui te dit que le temps me paraît long ? Je n'ai pas assez d'heures dans une journée !

Quand il élève la voix ainsi et qu'il postillonne, c'est qu'il ment. Il ment souvent et moi aussi, par exemple je sais bien que presque personne ne viendra jamais le voir et que cette solitude ne devrait pas s'arranger.

L'un de ses frères monte jusqu'ici, parfois. Le plus jeune, qu'il emmenait de temps en temps avec lui, au temps d'avant la Madone.

—Si tu veux voir Cheb Mami en vrai, tu viens, lui disait-il et le petit courait chercher ses affaires.

Parfois ils parvenaient à approcher le chanteur, d'autres fois ils attendaient des heures pour rien, à piétiner avec d'autres.

Quand il vient le voir, son frère lui donne des nouvelles de la ville d'en bas.

—Ils ont refait les trottoirs sous les arcades et ajouté deux lignes d'autobus. Il a fallu aussi abattre des arbres vers le Nord, ils avaient une maladie. C'est triste, non ? Tu reconnaîtrais mal le quartier, ça le rend bête l'absence des arbres, on ne s'y reconnaît plus, les rues n'ont plus l'air de rien. Et tiens, je t'ai apporté les gâteaux que tu aimes, comme l'autre fois.

—Toi tu me connais bien, lui répond-il. Tu sais comme je suis gourmand.

Il n'est pas gourmand, il mange, c'est différent. Il mange n'importe quoi, ce qui lui tombe sous la main, des fruits, du pain, de la semoule à pleines mains, du poulet à s'en faire éclater le ventre en rognant les petits os comme un animal, je le vois faire. Il mange dès qu'il se réveille et ne s'arrête que pour dormir. Et encore !

13

—Tu sais ce que j'ai rêvé ? M'a-t-il dit l'autre jour, avant que je parte faire les courses. Que j'étais invité à dîner chez Tom Cruise, à Los Angeles. On nous servait des hamburgers à plusieurs étages, avec…

—Ça ne m'intéresse pas, vos rêves. Et qu'est-ce que je vous prends, pour midi ?

Le docteur lui a établi un régime simple une fois pour toutes, mais il ne l'a jamais suivi. Il dit que cet homme veut le faire mourir et que sa vie est déjà assez difficile ainsi.

C'est vrai qu'elle est difficile, faite de désillusions, de portes qui se sont refermées, de critiques de tous les côtés. À cause de la photo qui a ému tant de gens, on l'a traité d'affabulateur, de parasite, de brigand, d'ennemi de son pays, toujours occupé à montrer ce qu'on faisait de pire par ici. Et cette vie qu'il mène est plus difficile encore depuis qu'il ne peut plus beaucoup bouger, avec le poids qu'il a à soulever. Il a eu d'abord du mal à marcher dans la rue, puis d'une pièce à l'autre et à présent…

—Soixante-dix kilos excédentaires selon les dernières normes, a déclaré le docteur, comme s'il annonçait la fin du monde.

C'était l'an dernier et je pense que depuis, le chiffre a augmenté. Je le vois bien et quand il me demande de l'aider à se redresser dans son lit, je me rends bien compte que cela me devient impossible. Ou alors c'est moi qui me fatigue à force, allez savoir.

Elle doit parler de lui, je vois de loin le balancement de ses bras, son corps qui remue et par moments, ils se retournent et regardent tous dans notre direction. Alors tout s'arrête, la parole, les gestes. J'ai beau ne pas être très maline, je peux deviner qu'il est au centre de la conversation. L'obèse, le pauvre homme qui n'a plus grand-chose pour vivre et cette décrépitude semble les ravir.

—Une descente aux enfers, disait-il au début, quand on a commencé à ne plus vouloir de son travail, que l'AFP lui a refusé toutes les missions.

N'empêche qu'il ne descendait pas, je veux dire dans la vie, il montait puisqu'il est passé peu à peu des beaux quartiers de la ville jusqu'en haut de la citadelle. Il est tombé vers le haut, c'est ce que je peux conclure pour résumer ce qui lui est arrivé. Il s'est cassé la figure jusqu'en haut des escaliers, là où nous n'avons plus qu'un carré de ciel bleu pour vouloir de nous.

Bien sûr qu'elle se moque encore de lui. D'ici je ne peux pas voir si elle rit mais je le sens, il ne faut pas être devin, c'est comme si sa bouche envoyait de mauvaises ondes, des sinusoïdes toutes gondolées de rire et de médisance.

Avant elle, il faut pourtant qu'elle s'en souvienne, il était mince et beau et les femmes le regardaient quand il passait sous les arcades ou qu'il longeait le port, son appareil à la main. Un photographe est toujours séduisant, de toute façon. C'est lié à la profession. Et l'AFP, rien que le nom. Ce nom à lui seul rendait les femmes amoureuses. Elle aussi a été séduite et tout le monde le sait, elle a beau dire le contraire. Quand elle est venue frapper à sa porte les premières fois, remontée comme une furie, il y avait sûrement un drôle de feu dans son regard, quelque chose qui ne m'aurait pas trompée.

Nous les femmes, nous savons.

Il vivait dans un bel appartement, de ses fenêtres on voyait la ville étalée, des alignements plus ou moins parfaits de terrasses et dans l'entrée, il y avait un dallage noir et blanc, j'ai vu les photos.

—Je ne les montre qu'à toi, m'a-t-il dit. Parce que c'est une partie de ma vie que j'ai oubliée. Des vestiges, retiens ce mot. Des ruines, tu regardes et ensuite on n'en parle plus.

Sur l'une des photos, quelqu'un l'avait pris couché sur un canapé en toile foncée. Il portait un pantalon blanc, une chemise bleue, il avait enlevé ses chaussures. Entre cette image et ce que je vois aujourd'hui, il n'y a plus que les cheveux, noirs et frisés, pour faire le lien. C'est la seule chose que je peux reconnaître et c'est tant mieux, car personnellement c'est l'homme d'aujourd'hui que j'aime. L'autre n'aurait pas voulu de moi, il ne m'aurait même pas regardée et si je m'étais trouvée sur son chemin, il m'aurait repoussée comme on chasse un chat sur un trottoir. L'autre sur son canapé devait manger des légumes grillés et boire du thé à la menthe, peut-être buvait-il aussi du vin en cachette, quand la nuit venait effacer les formes, les objets. Moi je préfère celui qui se met de la graisse de viande sur la bouche, parce qu'il avale trop vite. Et qui fait du bruit quand il respire, un bruit de soufflerie qui est devenu mon son à moi. La petite musique de ma vie auprès de lui.

-Avant, dit-il en prenant des grands airs, j'étais coureur et j'ai rendu des femmes malheureuses.

Comme si c'était là une vocation et un titre de gloire. Et quand il parle ainsi je me demande pour qui il se prend encore, gros comme il est.

—Si je n'ai plus de femme à mes pieds, c'est que je ne sors plus. Qu'est-ce que tu crois ? Enfermé entre ces murs, elles ne devinent même pas mon existence.

C'est ce qu'il ajoute parce qu'il voit que je n'ai pas l'air contente et alors j'ai beau réfléchir et m'efforcer de voir les choses en face, j'ai peur que tout cela soit vrai. Son charme encore apparent, son pouvoir de séduction en dépit de la graisse. Parce qu'alors je le perdrais pour de bon, ce qui a failli arriver une fois, mais pas à cause d'une femme

—Il faut l'hospitaliser vite fait, a dit le docteur ce jour-là.

Il semblait préoccupé, pour une fois il ne se plaignait plus des escaliers et il n'avait même pas l'air essoufflé. Il a rangé son matériel après l'avoir examiné et a appelé l'hôpital. Ensuite, les ambulanciers en ont eu pour un moment à le déplacer, à cause de son poids. J'en sais quelque chose, de ce corps si lourd. Les dernières fois, je veux dire quand il voulait encore me montrer qu'il m'aimait comme un homme, c'était moi qui montais sur lui. Dans l'autre sens c'était devenu impossible.

—Si vous voulez on arrête, lui disais-je. Ça ne me dérange pas.

—Tais-toi si c'est pour dire des bêtises. Et remue un peu et fais-toi étroite, que ça vienne.

Je crois que je lui ai toujours obéi et n'en tire aucune gloire, c'est sûr. Mais comment faire autrement, quand on aime un homme à ce point ?

—Toi au moins, me dit-il souvent, je peux te faire confiance. Tu es toujours là. Tu ne me caches rien.

Il se trompe, j'ai caché son appareil photo dans un placard de la cuisine, il y a longtemps. Il s'imagine que je l'ai jeté, avec les derniers clichés qu'il a pris mais non, je n'en ai pas eu le cœur. Il faut monter sur l'escabeau pour ouvrir le placard, il ne risque pas de le trouver et de temps en temps, quand il fait la sieste, j'attends qu'il ronfle fort pour être sûre et je vais le regarder. Dans l'obscurité où il se trouve je le distingue à peine, mais je sais qu'il est là dans sa housse en cuir, posé sur les clichés du fameux jour. Il y a même une autre photo de la Madone, moins réussie. La tête encore droite, la bouche moins ouverte, l'effet est différent. Il manque le trou qui fait entendre les cris, comme dans les tragédies. Il manque le poids du malheur qui repousse la tête, un jour il m'a expliqué ces choses-là.

—Cette photo est comme une Pietà, m'a-t-il expliqué. Tu ne peux pas comprendre.

—Mais si je comprends ! Je n'ai pas eu d'enfant mais j'ai des neveux, je sais ce que c'est l'amour d'un enfant. Et faites attention, vous allez salir la photo avec vos doigts, après vous regretterez. Ou vous direz que c'est de ma faute.

Elle est déjà venue ici, il y a dix ans je crois -je ne compte plus trop les années. Il n'était pas encore si gros et pouvait se lever facilement, s'habiller tout seul. Il avait encore de l'allure et un peu de charme. Parfois il sortait avec moi, nous faisions trois pas d'une rue à l'autre et nous arrêtions devant la fontaine, il se penchait pour boire. Ce semblant de promenade le distrayait, c'était joyeux.

—Tiens, voilà le photographe avec sa chérie ! disaient les autres quand ils nous voyaient arriver.

Alors il me prenait le bras, parce que j'étais sa chérie, c'est sûr.

Mais elle est venue avec un voile blanc qui lui couvrait le bas du visage, elle est venue comme une voleuse qui ne veut pas qu'on voie ce qu'elle pense et cette apparition l'a précipité, c'est comme si elle l'avait poussé.

—Si je ne mange pas, qu'est-ce qu'il me reste ? Me disait-il après. Et prends de l'argent dans le tiroir, si tu en as besoin. Il faut bien que mes économies servent à quelque chose.

Elle a frappé à la porte, trois coups et nous avons été surpris, tous les deux. Nous ne l'avions pas vue arriver.

—Va-t-en vite, m'a-t-il dit tout de suite. Laisse-nous.

Et que pouvais-je faire ? M'incruster ? J'ai dévalé les rues, les escaliers et j'ai marché dans la ville, des heures. J'ai regardé passer les tramways, les voitures, me suis attardée devant les vitrines des magasins. Puis il s'est mis à pleuvoir et je suis remontée, elle était partie, il pleurait.

C'est insupportable, un homme qui pleure et ses larmes ne coulaient pas le long de ses joues, non, elles jaillissaient, comme propulsées dans l'air par une immense peine.

—Qu'est-ce qu'elle vous a dit pour vous mettre dans cet état ? Lui ai-je demandé.

—Rien, des bêtises comme d'habitude, cette femme est stupide. C'est la poussière qui me fait mal aux yeux, qu'est-ce que tu crois. Ça t'arrive de faire le ménage ? Tu te rends compte qu'on n'y voit plus clair ici et que toute cette saleté, ça attaque la rétine?

Je sais qu'il s'est passé quelque chose entre eux, au début. Elle l'a traîné en justice mais en même temps la photo la liait à lui, il avait fait d'elle une Madone, non ? Une femme éplorée comme on en voit sur les tableaux, une mère parmi les mères, une femme très sainte et belle comme le jour.

Quelle autre femme peut se vanter d'un cadeau pareil ?

Je sais qu'il l'a aimée, elle je n'en suis pas certaine, elle a le sang froid, il suffit de regarder son visage, si pâle. On a aussi raconté qu'il la connaissait déjà avant la nuit du massacre et qu'ils avaient fabriqué cette photo, tous les deux. Qu'il lui avait dit voilà, tu te tiens devant ce mur comme si tu allais tomber parce qu'ils ont égorgé tes enfants et tu cries. Imagine qu'une telle chose t'arrive, pour voir. Et tu penches la tête, surtout et cette femme qui est là, nous allons lui demander de te soutenir. J'ai vu des tableaux de ce genre dans les livres, dans les musées et dans les églises, toi et moi nous allons faire la même chose et tu verras, ce sera une photo magnifique. Tu feras le tour du monde, on sera bouleversé en te découvrant. Et moi je serai riche et je te couvrirai de cadeaux.

—Et les morts ?

—Les morts laisse-les où ils sont, à la morgue. Toi tu es bien vivante, tu es mon amour.

Bon, mais c'est peut-être faux, ce que l'on raconte et comment être sûre ?

Parfois j'ai honte de ce qui passe dans ma tête et alors, je ne peux même plus le regarder, je pars m'occuper dans la cuisine, je trouve un prétexte et d'une pièce à l'autre l'idée s'effrite et se disperse, s'efface.

23

Ce qui est certain et qui ne trompe pas, ce sont ses yeux quand on parle d'elle.

—Et qu'est-ce que tu en sais de ce qui s'est passé ? Me dit-il quand il me voit aller et venir avec mon tablier, à ne plus savoir où poser mes pieds. C'est toi qui l'as prise, la photo ? Et qu'est-ce que tu imagines, dis-moi un peu ?

—J'imagine…tout ça ne me regarde pas. Et si vous voulez savoir, j'imagine que l'épicier ne va pas rester ouvert toute la nuit pour mes beaux yeux. Dans cinq minutes il ferme et il n'y a plus de café pour votre petit déjeuner. Et qu'est-ce que vous allez me dire, si vous n'avez pas votre café ?

Tous sont sûrement bien contents qu'elle soit revenue dans la Citadelle pour le tourmenter.

—Qu'est-ce que tu lui veux au gros? Lui ont-ils demandé mais ils connaissaient la réponse.

Ils ont regagné leurs maisons mais je sais qu'ils guettent le moment. L'instant où elle frappera à la porte – dernier bâtiment en haut du dernier escalier, là où les ânes évitent de monter. Généralement les bêtes s'arrêtent net devant la première marche et alors il faut les frapper pour qu'elles avancent.

Personne ici n'aime frapper les ânes et les ordures, je les descends moi-même et les dépose un peu plus bas, même si le autres n'aiment pas que j'ajoute nos saletés aux leurs.

L'épicier rentre ses légumes à présent, c'est l'heure. Je le vois qui se plie en soufflant et emporte ses cageots. Bientôt il fermera sa boutique et les autres se sont déjà installés devant leur fenêtre, je pense. Pour ne pas en perdre une miette, de son arrivée devant chez lui, de ce moment théâtral dont ils se régaleront.

—Ouvre-moi, imbécile !

—Tu sais que je ne ferme pas ma porte. Et qu'est-ce que tu veux, encore ?

Il ne lui reste plus qu'une rue à monter et trente marches, la dernière rue et les trente dernières marches et elle sera là. Les mains vides, parce qu'elle ne lui apporte que sa haine.

Sa haine, je pèse mes mots. Comment dire autre chose ? Sa haine et son mépris.

Et je sais qu'elle m'a vue, que si je me trouve sur son chemin elle me poussera, me dira dégage, ça n'est pas ton affaire. Si encore il y avait un peu de soleil, quelques derniers rayons pour adoucir les choses, faire comme s'il s'agissait d'une visite de courtoisie. Mais la rue est déjà obscure et il n'y a plus d'ombre, il n'y a plus que son corps qui avance dans un monde un peu flou. Entre chien et loup.

Au début les jours de grand soleil, il m'emmenait dans sa voiture au bord de la mer, là où les rochers tombent dans l'eau, tout couverts d'oursins vivants qui leur font une carapace noire. Je m'asseyais avec lui sur la pierre, là où elle voulait bien s'aplanir pour nous faire une place et nous regardions tout en bas, nous plongions les yeux dans la transparence. Nous ne bougions pas, pour ne pas déranger la mer, les reliefs, ce qui se trouvait là depuis toujours.

—Vous auriez dû prendre votre appareil, lui disais-je. C'est tellement beau, avec cette lumière.

—Je ne suis plus photographe, tu es au courant ?

—Mais vous avez encore vos yeux pour voir. Et les photos, vous savez les faire.

Quand je lui disais ce genre de choses, il ne se mettait pas en colère, non, mais il me regardait d'un air triste qui me chavirait le cœur.

—Allez viens, on plonge ! Lançait-il et il sautait dans l'eau en se bouchant le nez.

Il savait bien que je n'avais pas appris à nager et je le regardais s'éloigner vers le large, là où la mer et le ciel dessinaient une ligne mouvante, quelque chose qui ne se laissait pas capturer. L'eau avait l'air de vouloir qu'il reste, il s'arrêtait de nager et faisait la planche, les bras écartés. J'aurais passé ma vie à les regarder faire, la mer qui débordait à peine sur lui et remuait ses vagues, lui qui fermait les yeux sous le soleil comme un gros animal tranquille. La mer le portait et il se sentait presque léger.

A son retour, il semblait apaisé et je savais alors qu'il s'en était allé un moment très loin de toute cette histoire. Que ce n'était pas un retour en arrière sur ses années de gloire, non. Juste un intermède à côté de sa vie, en marge. Un cadeau offert par les rochers brûlants et la mer très bleue. Je crois même qu'il était heureux. Ou alors c'était la beauté du monde qui me donnait cette impression.

Elle est parvenue au dernier escalier et des enfants sont arrivés en courant et lui ont jeté des pierres, je l'ai vue courber le dos et vaciller, se cacher le visage avec son bras. Elle a failli rater une marche. Des voix ont crié aux enfants d'arrêter et ils ont disparu dans le noir des ruelles.

Il est si facile de se cacher par ici.

Elle a rajusté son voile, s'est redressée du mieux qu'elle pouvait et a poursuivi son chemin. A mesure qu'on monte, les marches deviennent plus hautes et l'on croirait que c'est fait exprès. Elle a dû souffrir, sous cette chaleur. À un moment je l'ai vue se frotter le front, j'ai pensé qu'elle avait encore mal, qu'une pierre l'avait atteinte là, sous l'étoffe, juste à l'endroit où l'on commence à voir apparaître les cheveux, quand le voile tombe.

Je ne connais même pas la couleur de ses cheveux, j'imagine qu'ils sont rouges comme la pierre d'argile.

Elle a saisi le bas de ses jupes à deux mains pour pouvoir monter plus vite, elle avait hâte de se trouver en face de lui, pour lui cracher son venin au visage. Et je l'ai alors entendu crier à l'intérieur, lui.

—Qu'est-ce qu'ils voulaient, les enfants ?

—Rien, ils jouaient.

Si les enfants disparaissaient de la Citadelle, il n'aurait plus jamais de visites. Eux seuls aiment venir le voir et pas seulement pour les bonbons que je leur donne avant qu'ils partent, non. Je crois qu'ils l'aiment bien, tout simplement parce qu'il est hors normes, plutôt extravagant avec son poids et ses gestes si lents, et cette façon qu'il a de vivre couché, assis. Peut-être aimeraient-ils vivre ainsi eux-mêmes, dans ce laisser aller, cet abandon à la nonchalance. Peut-être sont-ils fatigués de jouer, de courir d'une maison à l'autre, de se battre, de se lancer un ballon, de s'enfuir quand on les gronde et de sauter dans les flaques, après la pluie.

—Il n'y a que les enfants qui m'aiment, ici, me dit-il.

—Il y a les enfants et moi.

—Oh, toi.

Quand il est gêné il dit ce genre de choses, oh toi, oh moi, oh oui, oh non, il devient rouge et se tord les mains, je le vois faire. Et il tripote la chevalière qu'il porte au cou, attachée à une chaîne depuis que ses doigts ont grossi. Je sais ce que renferme ce vieux bijou, il est le lieu où se concentrent ses sentiments les plus forts -tous bien entassés, réunis en un amalgame, bloqués à l'intérieur de l'or jaune.

—C'est la bague de mon père, m'a-t-il expliqué un jour, parce que j'avais les yeux braqués sur elle, au milieu des poils. Laisse ce bijou tranquille.

Je n'ai pas connu son père, ni sa mère, ni ses sœurs. Je ne sais pas grand-chose de sa famille, sinon qu'ils vivaient ici, dans cette maison alors pleine de vie et qu'ils lui en voulaient de ne jamais venir.

—Il est devenu trop fier, disaient-ils. Il a gagné trop d'argent avec ses photos, maintenant il a honte de nous, ça lui ferait mal de mettre un pied ici. Il doit trouver que ça pue quand les ânes s'arrêtent devant les portes, que les pierres s'effritent parce qu'elles se laissent attaquer par les pluies, il doit penser que nos maisons bientôt s'écrouleront sur la tête des enfants qui jouent. Il doit vouloir se boucher les oreilles pour ne plus entendre nos bruits, les rires des hommes et les cris des femmes. Autrefois il était comme nous, habitué, mais il nous a oubliés.

Ensuite la maison s'est trouvée vide et il est revenu, avec deux valises et quelques cartons. Ils l'ont aidé, parce qu'ils sont ainsi, serviables. Il s'est retrouvé ici parce qu'il ne savait plus où aller mais je pense que dans la Citadelle, on ne lui a jamais pardonné cet abandon des siens. Et je trouve qu'ils ont raison, tous. Mais la raison et moi…

Elle allait arriver à ma hauteur quand j'ai entendu sa voix.

—Qu'est-ce que tu fais ? Rentre ! Criait-il.

A l'intérieur, la maison m'a paru plus sombre encore que d'habitude, mais je dois souvent me méfier de mes premières impressions. J'en veux pour preuve ce que j'ai pensé de lui quand je l'ai vu pour la première fois, qu'il était un mauvais homme.

Un mauvais homme, lui !

Il avait besoin d'une femme pour le ménage, la cuisine, tout ce que font les femmes chez nous, à la Citadelle. Le reste, elles le font aussi et c'est pourquoi j'ai accepté, tout naturellement. Et parce que je me suis attachée, aussi. Ensuite j'ai oublié ma vie d'en bas, à vrai dire je ne sais même plus à quoi ressemble la caserne, ni quelle odeur traîne près du port, quels bruits on y entend, j'ai laissé tout cela derrière moi. Je me suis habituée à un périmètre restreint encadré par quelques maisons, avec cette ligne de fuite cassée que constitue l'escalier -ce dernier escalier qui mène chez nous et aussi au carré de ciel. Je descends rarement plus bas que chez l'épicier, dont l'échoppe représente ma limite coutumière. Parfois je m'aventure au-delà et alors je manque d'air, les bruits me soûlent, les visages m'intimident.

Une vraie recluse.

Elle a passé la dernière marche, s'est arrêtée un moment pour reprendre son souffle, les mains de chaque côté de sa taille, le corps plié. Ensuite tout a commencé à peu près normalement.

Elle a frappé à la porte, deux coups avec le plat de la main.

Il a crié que c'était ouvert.

—Va voir qui c'est, m'a-t-il dit.

Elle m'a bousculée en entrant, a marché directement vers la chambre, comme poussée par une urgence et c'est inhabituel par ici, les corps qui se hâtent. Nous vivons ordinairement dans une certaine lenteur, sans doute à cause de la chaleur des mois durant. Ensuite le pli est pris, toute brusquerie nous est étrangère.

Elle est entrée dans la chambre, il avait allumé sa torche électrique et la lumière si faible dessinait des formes étranges, c'est sûr. Une partie de la pièce se trouvait plongée dans la pénombre, elle a pénétré dans le clair, y a installé son corps de femme -ses hanches larges, ses fesses, assez grosses pour qu'on les devine sous la jupe et sous le voile. Et c'est à partir de ce moment que les choses ont changé, que le monde s'est modifié.

Car elle a pris la chaise en fer que je range toujours dans le fond de la chambre, parce qu'elle ne sert plus à rien, sinon à son frère quand il vient. Il faut bien qu'il s'installe quelque part. Puis elle s'est assise tout près du lit, s'est penchée vers lui.

J'ai tout vu.

Elle a passé un bras sous le corps obèse, comme pour le soulever et je savais bien que c'était impossible, que même si elle voulait le faire elle n'y parviendrait pas. Elle s'est penchée un peu plus, son visage était tout près du sien, assez près pour qu'il sente son souffle sur sa bouche, sur ses joues où des poils gris avaient déjà repoussé et alors, elle a pleuré.

Je n'imaginais pas, je ne m'en suis même pas rendu compte tout de suite.

Comme je sentais qu'il me fallait faire quelque chose, parce que rien n'allait comme je l'avais pensé, je me suis approchée d'elle. Très doucement. Je craignais qu'elle me repousse, qu'elle me dise de les laisser, que je n'avais rien à faire là, que ce n'était pas mes oignons -ce genre de paroles. Mais il faut croire que j'étais prévue dans ce moment, en tout cas que j'y avais ma place, car elle m'a laissée faire. Et comme je l'ai vue toute secouée de sanglots, plus très solide sur la chaise et qu'elle commençait à me faire de la peine, je me suis penchée moi aussi pour la soutenir.

Ce n'était pas prévu.

Je ne sais pas à quel moment exact il est mort, je ne pourrais pas le dire, je n'ai pas vu ses yeux se fermer. Mais nous formions un drôle de tableau tous les trois. Lui allongé, son âme déjà sur le chemin qui monte, elle effondrée tout près et moi qui la consolais. Le genre de tableau qu'on voit dans les musées, dans les églises et que tout le monde connaît. C'est ce qu'il m'avait dit quand il m'en avait parlé et il avait ajouté que forcément j'ignorais ce genre de scène qui plaisait aux peintres, parce que j'étais *ignare* -c'est le mot qu'il avait employé et que je comprends mieux aujourd'hui.

D'ailleurs je ne sais plus quel nom on donne à ce genre de tableau, j'ai oublié.

Ce genre de tableau comme sur la photo.

Les lèvres rouges
d'Anne Gwynne

Les magnets de réfrigérateur, nommés parfois « aimants de frigo », c'est selon, présentent de nombreux avantages. S'ils sont très pratiques pour fixer des documents et des plannings, des listes de courses, des pense-bêtes ou des images sur le réfrigérateur, ils contribuent aussi à la décoration intérieure. Il peut être sympathique d'avoir sur son frigo des souvenirs de vacances à la mer et des photos de famille, grâce à un magnet fait sur mesure. Il peut être encore important d'avoir à portée de vue, aussi, une jolie photographie -quelque chose de bouleversant par exemple, qui pourrait avoir sa place dans un roman.

Ou une nouvelle, si la photo s'y prête.

Nous rappelons à notre aimable clientèle que dans le mot « aimant » -petits aimants carrés en néodyme en ce qui concerne nos articles- se cache le verbe aimer.

Nos magnets sont recouverts d'une impression numérique colorée. La feuille aimantée, d'une épaisseur de 0,6 mm, présente une surface mate résistante aux UV. La taille maximale des magnets peut atteindre 900 x 1 500 mm, ce qui nécessite un frigidaire de très grand format, mais ne peut être inférieure à 10 x 30 mm. Pour une meilleure adhérence, veuillez appliquer les magnets sur une surface propre, sèche et lisse et attendre un jour où la lumière sera exactement celle qui convient -violente, si possible.

Le frigidaire était jaune de chrome, la couleur préférée de Van Gogh et celle des champs de tournesols durant l'été. En arrivant dans la région, celui dont il sera question avait été frappé par ces longs alignements, ces rangées parfaites de petits soleils gorgés de couleur. Il aurait aimé s'arrêter en bordure des routes et déplier une chaise, poser une toile devant lui et les peindre -peindre cette joie étalée, cette splendeur.

Mais il n'avait pas suffisamment la tête à cela. Et sans doute pas le talent du Hollandais.

Il venait de tout abandonner, ses meubles et une bonne partie de ses livres, la plupart des objets inutiles qui encombraient ses étagères, et son bonheur aussi. Il avait fait des cartons, contacté des revendeurs, des associations et envoyé au diable ses jours heureux.

—Je les ai laissés là-bas, disait-il pour avoir l'impression d'être encore maître de son destin.

—J'ai aussi laissé une femme, ajoutait-il quand il en trouvait le courage.

Il lui avait fallu tout racheter, pour meubler l'appartement qu'il louait à présent dans un petit immeuble de trois étages, en bout de lotissement. Passé les maisons mitoyennes, on trouvait plusieurs bâtiments de ce genre, *à taille humaine* avait dit le Conseil départemental, quand les plans avaient été envoyés.

—Tout ça s'est construit très récemment, lui expliqua l'agent immobilier. Il y a encore vingt ans, par ici on ne voyait que des champs.

—Des champs de tournesols ?

—Ah, vous avez remarqué. Notez qu'on ne peut pas les rater, jaunes comme ils sont. Mais quand ils se fanent, ce n'est pas si beau.

Ils avaient pris un escalier dont les murs sentaient encore la peinture fraîche, l'agent s'était arrêté un instant et il avait entendu sa respiration haletante. Il s'était dit que cet homme avait peut-être souffert, lui aussi.

Que tous les hommes souffraient un jour ou l'autre, à cause d'une femme.

L'appartement se trouvait au dernier étage. Ils avaient parcouru trois pièces étroites, l'agent immobilier avait retrouvé son souffle et il ouvrait les volets, les fenêtres. Le vent d'autan s'était engouffré.

—Tout au fond, ce que vous apercevez de l'autre côté de la rivière, c'est le vieux village. Cinq cents âmes à la Révolution, j'ai consulté les archives. Vous vous rendez compte ? Et tous collés au château, pour se protéger.

Du château il ne restait que des ruines mangées par la végétation, contre lesquelles on avait bâti une maison neuve avec une grande baie vitrée. Il avait fait semblant d'être intéressé par la vue, mais il savait qu'il s'approcherait peu des fenêtres. Et il connaissait déjà ces histoires de villages blottis auprès du chatelain, protégés par de hauts murs. Il y en avait tant dans la région. Il savait aussi qu'il appartenait à une nouvelle population de citadins en mal de verdure.

Il ne cherchait pas l'air pur, ni la proximité des arbres ni le chant des oiseaux, ni les cris de la chouette ni l'odeur de l'herbe coupée. Il réclamait l'oubli.

Il voulait de vraies nuits exemptes de mauvais rêves et des réveils sans larmes, car il lui arrivait encore de pleurer et à présent, il en avait honte. N'en parlait à personne, faisait semblant d'aller bien.

—Vous verrez, vous serez heureux chez nous, avait dit l'agent en le quittant. Je transmets vite fait votre dossier, pour moi c'est tout bon.

Il avait acheté le frigidaire dès la signature du bail. Il l'avait aperçu en entrant, au fond du magasin, parmi les articles invendables -modèles trop colorés, trop blancs, trop petits, trop anciens -et s'était immédiatement dirigé vers lui.

—J'aime les teintes vives, avait-il expliqué au vendeur. Le jaune, le rouge, le vert, le bleu parfait du ciel. C'est sans doute parce que je peins.

—Ah, vous êtes peintre. Il y en a pas mal dans la région. Il faut dire qu'on habite dans un beau pays.

—Je viens de m'installer ici, je ne sais pas trop. Je n'ai pas tout vu.

Le frigidaire lui fut livré une semaine plus tard et il fut satisfait de son choix, le trouva encore plus beau que dans le magasin. Plus rutilant avec sa surface laquée, et déjà bien à sa place, tout près de la prise électrique, à un mètre de la fenêtre. Il remarqua très vite que sa porte s'ouvrait difficilement. Il lui fallait chaque fois une certaine brusquerie pour qu'elle accepte de céder et alors, l'ensemble se déplaçait d'un coup sur le carrelage. Il bougeait de quelques centimètres, mais c'était suffisant pour donner une impression de grand désordre, tout à coup.

Il détestait le désordre. Et les pensées vagabondes et les bouteilles de lait entamées, les fromages à pâte dure mal découpés, les moitiés de pommes abandonnées, les chaises bancales. Les aléas de la vie, surtout, parce qu'ils étaient rarement bons.

Il hésita cependant à rappeler le magasin, pensa qu'il s'habituerait à la longue à cette lutte quotidienne entre le frigidaire et lui. Qu'il existait des choses plus graves, d'autres batailles.

Il acheta aussi un chevalet, des tubes de peinture et des pinceaux, parce qu'il était peintre et transporta son matériel dans la cuisine. Dans ce nouvel appartement plutôt exigu, il ne disposait de toute façon d'aucune pièce susceptible de se transformer en atelier. Il se souvenait d'une histoire qu'il avait lue, avec un homme qui peignait dans sa cuisine, pour être tranquille. Il en avait fait son refuge, son radeau de sauvetage. Il voulait lui aussi la tranquillité -celle que ses pensées lui refusaient encore, toutes pleines du flot de ses souvenirs. Il se sentait naufragé, comme l'artiste malheureux que l'écrivain avait imaginé.

Car il y avait la voix de Marta dans sa tête et le corps de Marta, ses courbes et ses mouvements et ses gestes familiers -une main dans les cheveux, une façon si particulière de croiser ses jambes quand elle s'asseyait. Il y avait la sensation de ses propres mains sur la peau si douce, le souvenir encore affreusement intact des caresses et les reproches qu'il entendait, les derniers mois. Les phrases résonnaient de temps en temps, à peine plus lointaines.

S'il pouvait se débarrasser de tout cela. S'il pouvait tout effacer, oublier. Lancer les pires moments de leur vie commune au fond de la rivière qui coulait en contre-bas, laisser l'image de Marta suivre le courant et se faire bousculer plus loin dans les barrages, puis disparaître.

Depuis son balcon, il pouvait voir l'église du village, avec son clocher. Il se dit qu'il n'entrerait probablement pas à l'intérieur, à vrai dire les édifices de ce genre l'intéressaient peu. Il leur préférait les chapelles perdues dans la campagne, les oratoires en ruines, les croix des chemins -des choses plus modestes et qui ne s'offraient pas si facilement au regard. Il en avait peint plusieurs séries bien avant Marta, quand il sillonnait encore les routes tout seul, ses toiles et sa boîte de peinture à l'arrière de sa voiture.

Marta avait mis fin à ses vagabondages et il s'était mis à peindre des portraits, des natures mortes, des paysages de cartes postales composés de mémoire. Il l'avait peinte elle aussi, elle avait trouvé ces tableaux plutôt réussis.

—Je crois que tu as du talent, lui avait-elle dit. Un vrai talent. Il te manque la persévérance, regarde Picasso, il n'arrêtait pas.

Il vivait depuis deux mois dans la région quand il reçut l'appel du prêtre. Il venait de se réveiller d'une nuit sans fin, hantée par de vieilles histoires et n'avait même pas ouvert ses volets. Dans la pénombre, il avait eu du mal à trouver son téléphone. Le prêtre parlait fort, comme quelqu'un qui prêche dans le désert, ou comme un voyageur pris dans une tempête. Il avait entendu parler de lui et cherchait un artiste, pour quelque chose d'important.

Le peintre fut frappé son accent, légèrement différent de celui de la région, si reconnaissable. Il pensa que les sermons finissaient peut-être par modifier les sons et aplanir la petite musique des paroles ordinaires.

—C'est qu'il nous faudrait une nouvelle Marie, disait le prêtre. Je veux dire une Vierge à l'enfant. Je parle d'un tableau, bien sûr. Vous êtes peintre, n'est-ce pas ? J'ai vu ce que vous faites. Vous comprenez, la chapelle est un peu l'âme de notre paroisse, on ne peut pas la laisser dans cet état. Et puis notre Vierge Marie …

Remplis.ma bouche, ô Marie, de la grâce de ta douceur.

Il se souvenait d'une prière mais ce n'était pas celle-là.

Il avait levé les yeux parfois vers le sommet des collines ou des falaises de craie. Il avait aperçu à la fin une statue de Marie dans son manteau bleu. Ce vêtement l'avait bouleversé, peut-être à cause de la couleur, si pâle contre le bleu violent du ciel. Il n'avait pas pris les chemins bordés de ronces qui montaient, non. Il n'avait pas prié non plus, ne s'était pas agenouillé sur l'herbe rase. N'avait pas fait pénitence. Mais il était resté un moment à contempler ce qu'il voyait au loin -cette figure sacrée qui appelait son regard, cette figure pour lui tout seul, tout à coup familière et tendre.

Salut, torrent de miséricorde,
fleuve de paix et de grâce,
rosée des vallées et fleur délicate
Mère de Dieu et mère de pardon.

Ou une chose de ce genre, très douce.

—Ce sont les Maurel qui ont donné l'argent à l'époque, pour la construction de la chapelle, continua le prêtre. A l'origine, il n'y avait qu'elle. Quant à eux, vous en rencontrerez sûrement par ici, c'est une vieille famille. Ils possèdent la moitié des magasins dans le département. L'ancien tableau date du dix-neuvième, il était certainement très beau mais avec la fumée des cierges il est devenu noir, on n'y voit plus rien, On ne reconnait même plus Jésus. À vrai dire, moi-même j'ai toujours connu la toile ainsi, toute sombre.

Le prêtre parlait de plus en plus fort, il entendit derrière sa voix le moteur d'un camion.

Il apprit que le tableau saccagé par les années avait regagné récemment les sous-sols du presbytère. Sur le mur de la chapelle consacrée à Marie, une trace pâle en forme de grand rectangle attendait à présent une autre Vierge au regard sûrement un peu triste, un autre enfant triomphant -quelque chose d'émouvant, qui rappellerait aux fidèles tout l'amour d'une mère immaculée.

—L'église attire peu de monde en temps ordinaire, vous vous en doutez bien, toutes nos traditions se perdent et notre Dieu n'est pas si populaire, aujourd'hui. Mais il y a les pèlerins, nous nous trouvons sur leur chemin. Et les randonneurs, qui font volontiers une halte par ici. Vous avez dû en croiser quelques-uns, on les reconnaît vite.

Il avait vu passer sous ses fenêtres ces marches lentes, avait entendu le bruit métallique des bâtons sur le bitume, les éclats des voix par moments. Il avait détourné les yeux, s'était éloigné comme il le pouvait. Mais l'appartement était petit, le bruit des bâtons avait traversé les fenêtres et l''avait poursuivi un moment -un cliquetis insupportable, qui sentait la vieillesse et l'ennui.

—Je vous fais confiance, si le projet vous intéresse. Mais si vous pouviez ne pas trop traîner. Et cacher la nudité de notre Seigneur Jésus, bien sûr. Par ici nous sommes encore vieux jeu ! Pour le reste, je vous laisse carte blanche, je ne suis pas artiste pour un sou moi-même.

Il rit de bon cœur avec le prêtre à propos de la nudité de Jésus, accepta finalement la proposition et promit de livrer le tableau à temps. Il n'avait jamais encore vu le prêtre mais l'homme lui avait paru sympathique au téléphone. Et puis, il était généralement soucieux de satisfaire les autres, de répondre comme il le pouvait à leurs désirs et c'était ce qui agaçait Marta.

—Tu te laisses faire par tout le monde! lui disait-elle.

Et alors son regard s'emplissait de mépris.

Était-ce pour cela qu'elle était partie ? Parce qu'elle ne l'admirait pas ? Elle avait prétendu n'en rien savoir elle-même.

—J'en ai assez, je ne peux pas expliquer les choses autrement. Assez, tu comprends ?

Il n'avait pas compris. Elle avait claqué les portes, s'était enfermée dans la salle de bains, avait disparu des journées entières et il était resté là, à l'attendre. Ensuite, après son départ définitif, il n'avait plus peint durant une année entière et ses tubes de gouache mal refermés étaient devenus durs comme la pierre et ses toiles étaient restées à la cave, où elles s'abimaient lentement. Certains jours il n'ouvrait pas ses volets et restait assis sur l'un de ses fauteuils, toujours le même. Les mains posées à plat sur les cuisses, le dos droit, il semblait attendre en silence le retour impossible de Marta.

A la fin, il s'était résolu à partir, lui aussi. Il avait choisi le village au hasard, peut-être parce qu'il lui avait paru silencieux et vide, la première fois. Puis un jour, il avait reçu l'appel du prêtre.

Il avait été surpris.

—Vous avez bien un site sur internet, non ? Quelqu'un m'a parlé de vous, il paraît que vous vous êtes installé ici. Vous faites partie des âmes du village, à présent. Les artistes locaux, il n'y a rien de meilleur pour nos églises. Et puis j'ai vu vos tableaux, vos aquarelles, vos prix me semblent… notre église n'est pas riche, nous avons peu de donateurs. Et votre travail me paraît soigné. Mais pardonnez-moi, ce n'est peut-être pas le mot qui convient ?

—Mais si. Soigné, c'est bien.

Il se rappelait avoir toujours rangé soigneusement son matériel et nettoyé à fond ses pinceaux à l'essence de térébenthine. Il se limait les ongles dès qu'il y pensait et se coiffait plusieurs fois par jour, avec un petit peigne en écaille qu'il gardait dans ses poches. Et il classait les choses. Les documents administratifs, les courriers en attente, les raisons pour lesquelles il imaginait que Marta l'avait quitté.

En tête de ces raisons, il mettait ses tableaux qui se vendaient mal. Ensuite plusieurs aspects de son caractère, qu'il avait toujours des difficultés à hiérarchiser, en dépit de ses efforts.

Une certaine nonchalance

Une propension à être d'accord avec le premier venu, qu'on pouvait prendre pour de l'indifférence

Une absence certaine d'ambition

Un manque de curiosité aussi

Et ce mutisme dont il était capable, cette obstination à se taire.

—On ne sait jamais ce que tu penses, disait Marta et cela lui paraissait un bon résumé de son caractère.

Car il se perdait volontiers en lui-même.

Le prêtre s'appelait Eduardo à cause d'une mère colombienne, dont il avait hérité les cheveux noirs et le regard sombre. Il était né à quatre cents kilomètres de là mais était considéré dans le village comme un enfant du pays, en raison de sa carrure et de sa passion pour le rugby, les bons vins et le foie gras de canard, tout ce qui faisait l'âme de la région. Quand il le vit la première fois, et chaque fois qu'il le revit ensuite, le peintre pensa qu'il devait plaire aux femmes. Mais il chassait cette idée au bout d'un moment, la considérant comme sacrilège.

Il craignait par-dessus tout les faux pas et les débordements, les avancées en dehors des clous, les paroles lancées au hasard, les bouteilles d'eau à la mer.

—Tu n'as donc rien d'un artiste, lui disait-on quand on découvrait son caractère.

—Je ne sais pas, je peins, c'est tout.

—J'ai aussi trouvé tout ce que vous avez demandé, lui dit Eduardo au téléphone, quand il le rappela une semaine plus tard. Tout votre matériel. J'espère n'avoir rien oublié.

La liaison était mauvaise, le prêtre dut sortir de l'église pour poursuivre la conversation.

—Ces téléphones portables sont très pratiques, disait-il, encore faut-il avoir suffisamment de réseau. Attendez, je raccroche et je vous rappelle, ça ira peut-être mieux.

Il se demanda alors si Eduardo portait un pull-over sous sa soutane en raison du froid humide qu'il faisait depuis plusieurs jours, ou s'il s'était contenté d'une chemise à peu près semblable à la sienne, une banale chemise en coton épais, à manches longues. Il s'était aussi posé des questions sur le genre de chaussures qu'il avait choisies - sandales en cuir de pèlerin ou chaussures à lacets. Avait-il attendu d'être entièrement habillé pour les mettre à ses pieds ? Était-il resté un long moment pieds nus sur un dallage glacé ou pire, en vulgaires chaussettes de laine ? Il s'était posé ensuite d'autres questions de ce genre qu'un autre aurait trouvées inutiles, voire déplacées. Le prêtre avait-il prié seul dans sa chambre avant de rejoindre l'autel ? Avait-il une chambre confortable, avec un lit suffisamment grand ou disposait-il d'une simple cellule froide dans le presbytère? Il lui semblait que tous ces hommes d'église commençaient leur journée à genoux à même le sol auprès du créateur, il n'en était pas certain. C'était une supposition.

Il tenait à connaître un certain nombre de détails concernant cet homme, c'était important. Sinon, à quoi bon peindre ce tableau pour son église?

—Avec la toile, je vous apporterai le blanc de Meudon et la colle en plaques, ajouta le prêtre.

—Et le gesso, surtout. C'est indispensable.

—Comment dites-vous ?... Le gesso, oui bien sûr, je l'avais noté. Le vendeur avait l'air de s'y connaître. J'ai pris un litre de gesso blanc Guardi, c'est bien ce qu'il vous faut ?

Il y eut un silence, puis le prêtre reprit :

—Les tableaux de Guardi, je ne sais plus à quoi ils ressemblent et c'est certainement dommage. De l'homme, je sais qu'il portait une perruque blanche et que Dieu l'a rappelé à quatre-vingts ans, ce qui constitue un beau remerciement pour ses toiles, n'est-ce pas ? Notre Seigneur est parfois très conciliant. Mais pas toujours.

La toile en coton de cent cinquante grammes à grain très fin -*maillage dense* avait-on inscrit sur la fiche-mesurait un mètre cinquante sur dix mètres. C'était beaucoup trop et cette abondance de tissu le dérangea. Il s'énerva en la déroulant dans son salon, dut déplacer les fauteuils, ne reconnut plus la pièce et se sentit perdu. Mais il se reprit très vite en se disant qu'il y avait pire dans la vie qu'une toile surdimensionnée. Que lorsqu'il s'agaçait ainsi pour pas grand-chose, il méritait des gifles.

Il n'était pas toujours si tendre avec lui-même.

Il reprit ses mesures et découpa le rectangle de tissu dont il avait besoin, puis il enroula de nouveau la toile et la cala à la verticale contre un mur du salon.

—J'ai aussi acheté les semences, avait dit Eduardo. Vous aviez oublié ça. Des semences en acier bleu, c'est écrit sur la boîte. Un joli nom pour des petits clous, vous ne trouvez pas?

Il plaça la toile sur le châssis, puis fixa quatre angles en acier aux quatre coins et s'arrêta. Se recula. Il avait chaud tout à coup, et un peu peur. Les tableaux encore inexistants l'effrayaient toujours, comme l'effrayaient les projets et les promesses, tout ce qui se trouvait en attente.

Le soleil descendu derrière l'immeuble d'en face avait abandonné la cuisine, la toile faisait une tache blanche devant le jaune du frigidaire.

—Blanc et jaune dit-il tout haut. Et rouge, surtout. Du rouge de Venise peut-être ou de Quinacridone. Parce qu'il faut compter avec elle.

Elle, à un mètre cinquante du chevalet, enfermée dans son espace de quelques centimètres. Avec ses lèvres rouges sur des dents très blanches.

Car le jour même de la livraison, il avait posé le magnet sur la porte du frigidaire.

—Je n'aime pas du tout ce mot, avait-il dit dans le magasin, au moment de payer.

—C'est américain, avait répondu le vendeur. Magnet, magnétique. On peut dire *aimantin* aussi, mais c'est pire. Si maintenant vous préférez autre chose, on peut changer.

Il secoua la tête, il n'aurait échangé l'objet pour rien au monde. Ni contre une machine à café laquée noire, ni contre un Tshirt Valhalla Warrier, ni contre un baby-foot miniature en bois reconstitué, ni même contre un mug à l'effigie de Marylin Monroe. Il n'en était pas question, car le visage reproduit sur le petit magnet blanc l'avait instantanément *attrapé*, c'est le premier mot qui lui était venu à l'esprit dans la boutique. *Saisi*, avait-il corrigé ensuite, quand il avait ouvert le sac en plastique du magasin et posé l'objet sur son frigidaire, à gauche de la poignée en métal gris.

A l'intérieur du rectangle laqué au dos duquel on avait collé un aimant, se trouvait le sourire ravissant d'Anne Gwynne, photographiée à Hollywood l'année de ses trente ans. Le fabriquant avait colorisé l'image d'époque, les lèvres étaient rouges et les cheveux auburn, les sourcils plus foncés dessinaient un arc brun allongé, parfait.

—Ce visage est parfait, avait-il dit en le contemplant pour la première fois à l'intérieur de son appartement. Le modèle est finalement beaucoup plus joli que Marta. Et plus joyeux.

Et cette observation lui fit du bien, à défaut de le rendre vraiment heureux.

Il avait tout de suite recherché l'identité de cette femme qui lui souriait ainsi, chaque fois qu'il s'apprêtait à prendre une bouteille de lait demi-écrémé, une plaquette de beurre pasteurisé, un morceau de fromage enveloppé dans du papier blanc. Il avait tapé au hasard « Starlettes d'Hollywood » sur son moteur de recherche et l'avait reconnue, entre Shirley Ann Field et Janice Rule - des visages et des noms qui ne lui disaient rien. Il cliqua sur *Anne Gwynne* et découvrit une série de clichés d'époque. Il vit qu'elle avait été blonde, se dit qu'il la préférait en brune. Marta était brune elle aussi mais il pensa que ce n'était pas la raison. Il lut aussi sa biographie, Anne Gwinne était née au Texas en 1918, avait vécu dans le Missouri avec ses parents puis à Los Angeles, où elle avait été engagée comme mannequin pour la société Catalina, fabriquant de maillots de bains.

Sur l'un des clichés, il l'avait vue dans l'un de ces maillots, allongée sur un matelas de plage dans une pièce jaune tournesol qu'il pensa avoir été fabriquée juste pour lui, pour son regard sur elle ce jour-là.

Jaune de chrome se dit-il, parce qu'il était peintre. Van Gogh buvait de la peinture jaune car il pensait qu'elle le rendrait heureux, qu'elle s'insinuerait dans ses veines et ensoleillerait ses nuits si noires.

Il cligna des yeux devant la photo, la trouva extraordinaire. Il se souvint que Marta avait les cuisses un peu fortes, pas assez fermes sous ses mains d'homme et s'en voulut de se lancer dans de telles comparaisons.

La biographie succincte racontait aussi que l'Universal studio avait fait d'Anne Gwynne l'une de ses actrices favorites, spécialisée dans les films d'horreur et les westerns. Elle avait connu ses heures de gloire, puis avait joué dans l'une des premières séries télévisées, avant d'être oubliée. Elle était morte en Californie, en 2003.

—Il y a seulement dix ans! S'écria-t-il en lisant cette date.

Il se demanda alors ce qu'il était resté du visage qui se trouvait sous ses yeux, dans celui de l'ancienne actrice de quatre-vingt-cinq ans. Il aurait pu la croiser, s'il avait voyagé jusqu'en Californie. Il l'aurait aperçue à la sortie d'un restaurant, aurait suivi un moment sa démarche lente de vieille

Américaine, se serait dit qu'elle avait beaucoup grossi, qu'elle n'était plus aussi grande. Et quand elle se serait retournée parce qu'elle aurait senti sa présence, peut-être l'aurait-il trouvée affreusement maquillée, la bouche surtout, déformée par le fard. Il aurait fini par détourner les yeux en se moquant de lui-même.

Il trouva la scène assez triste, ne s'y attarda pas et se résolut à rendre éternelle cette femme sur le magnet -éternellement séduisante, éternellement souriante, éternellement fardée comme il le fallait pour la photo. Et à lui pour toute la vie, enfermée dans un petit objet en plastique.

Il suffisait de le décider. Et d'ouvrir la porte de la cuisine.

Il déplaça le chevalet, l'approcha autant qu'il le put de la porte du frigidaire. Il savait qu'il ne pourrait plus ouvrir celle-ci jusqu'à ce qu'il ait fini son travail, cela lui parut sans importance.

Il prépara sa toile du mieux qu'il put -blanc de Meudon et liant acrylique, colle de peau de lapin, huile de lin cuite, couteau et papier de verre à grain fin. Il s'appliqua. Puis il attendit.

Il attendit deux jours, durant lesquels il se garda d'entrer dans sa cuisine, de peur de déranger le parfait ordonnancement des choses -chevalet à cinquante centimètres du frigidaire, légèrement déplacé vers la gauche, fenêtre fermée, magnet nettoyé à l'eau et au vinaigre afin qu'il pût en saisir chaque détail. Il se fit livrer ses repas par un traiteur italien itinérant, se gava de raviolis et de fettucini, ses plats préférés.

—Je fais un régime de sportif, expliqua-t-il au livreur, la première fois.

Le jeune homme parlait mal le Français et ne comprit pas l'expression. Il se contenta de lui souhaiter une bonne soirée, avec un accent turc.

Puis le peintre se mit au travail. Il était temps, il avait reçu un appel d'Eduardo.

—Je ne voudrais pas vous presser, lui disait-il au téléphone. Mais vous savez à quel point c'est important pour nos paroissiens. Un mur vide et c'est la Foi qui s'en va, vous ne pensez pas ?

La Foi.

La sienne, pas toujours sûre d'elle, s'était montrée si vacillante quand Marta était partie en emportant ses vêtements, ses livres et quelques objets auxquels elle tenait, elle avait paru tout à coup si fragile qu'il comprit le souci du prêtre. Il lui promit une nouvelle fois de lui livrer le tableau à temps.

Et il ouvrit tous les volets de l'appartement, alluma toutes les lumières, toutes les lampes et commença à peindre, les genoux écartés, la tête penchée par moments pour mieux observer son modèle, le dos voûté, bloqué dans toute sa volonté d'artiste. Il peignit une Vierge aux cheveux auburn bouclés au fer, aux lèvres rouges, au sourire hollywoodien. Il peignit Anne Gwinne sur la toile, la couvrit en partie d'un long voile bleu d'indanthrène et dans les bras de la starlette ainsi transformée, il déposa un enfant. Il mit dans ce travail tout ce qui lui restait de croyance, il y mit tout son amour d'homme et tous ses espoirs. Il ne sentit plus la fatigue, ni la douleur venue s'emparer de son dos, de ses épaules, il oublia où il était, ne pensa pas à boire ni à manger, laissa à la porte ses doutes et ses regrets, qui s'en allèrent se perdre dans les couloirs. Il laissa filer le jour et la nuit, les premières minutes de l'aube et la disparition du soleil, se fit sourd aux bruits de la route départementale derrière le lotissement, à ceux des voisins qui recevaient du monde, à leurs éclats de voix. Il ne sentit ni le froid des petits matins ni l'humidité qui pénétrait le soir dans l'appartement, il peignit. Il mit du rouge carmin sur les lèvres de sa Vierge, du bleu couleur d'océan sur ses yeux, à petits coups de pinceau très délicats, très légers, amoureux. Il créa une Vierge joyeuse, épanouie, qui faisait ses débuts dans un monde de paillettes et d'argent facile, une Vierge faite pour les banquettes de limousines et les chambres de producteurs aux lourds rideaux de velours. Il créa une Vierge consentante, prête à se donner aux hommes en l'honneur du cinéma. Il fit tout cela à cause d'un magnet sur un frigidaire, à cause du départ de Marta, à cause de sa souffrance et du plaisir de peindre, à cause d'un sourire qu'il avait voulu offrir à Marie la mère de Jésus pleine de grâce, qui ne lui avait jamais fait de mal. A cause de cette fascination pour le visage d'Anne Gwynne, il offrit à l'Eglise une Madone californienne.

—C'est un peu étrange, dit Eduardo quand il eut enfin la toile entre les mains. Je ne parle pas de Jésus, il est comme je m'y attendais. Mais pour le reste…je n'imaginais pas les choses ainsi…Marie n'était pas si heureuse, vous comprenez. Elle savait ce qui attendait son enfant. Cette condamnation, ce martyr. Le chemin si long, la croix sur les épaules et les crachats, les cris, les clous dans sa chair.

—Anne Gwinne a eu les pires ennuis avec son fils, elle aussi. Je n'ai pas les détails, mais il me semble qu'elle a bien souffert.

—Cependant il y a un tel amour dans votre tableau, concéda Eduardo. C'est sans doute le principal. L'amour de Marie, voyez-vous. On ne s'en remet pas.

Il ajouta que les couleurs vives donneraient sûrement une nouvelle allure à la chapelle si sombre d'ordinaire, comme une nouvelle vie. Et que ce qui était fait avec le cœur ne pouvait être critiqué.

—Pour tout vous dire, je suis plutôt content, conclut-il. Je crois que j'ai bien fait de m'adresser à vous.

Et il déposa la toile au fond de la chapelle, suffisamment loin des cierges, en attendant de l'accrocher au mur.

On connaissait les Vierges des icônes russes toutes plates sur leur fond doré et si fières de montrer leur enfant fils de Dieu. On avait pu contempler les Vierges attentives du quattrocento, les mélancoliques et celles qui se tenaient en retrait, par modestie. À l'intérieur des cadres, les bouches restaient fermées pour laisser entendre une autre parole, carrément sacrée et qui ne se laissait pas deviner à n'importe qui. On ne connaissait pas la Vierge au sourire cinématographique, si singulière. Si éclatante.

On n'eut pas trop le temps de s'en étonner.

Car dans la semaine qui suivit l'accrochage du tableau sur son vieux mur de pierre, le peintre ressentit une vive douleur dans la poitrine. Il eut alors la certitude que ses poumons allaient exploser et qu'il ne pourrait plus jamais respirer. Ses poumons demeurèrent intacts, mais son souffle s'en alla. Il n'y eut rien à faire.

On vida son appartement dans la semaine qui suivit et l'on emporta le frigidaire. L'un des hommes chargés de l'opération remarqua le magnet et le mit dans la poche de son pantalon. On ignore ce qu'il en fit, peut-être l'offrit-il à l'un de ses enfants, peut-être le jeta-t-il dans la rivière, avant que le camion ne redémarre.

En même temps dans l'église du village, à l'intérieur de la chapelle de la Vierge Marie et sans qu'aucun signe ne fût apparu pour annoncer ce qui allait se passer, aucune perte d'éclat, aucune craquelure, aucun manque qui aurait pu alerter un paroissien ou Eduardo lui-même, la toile s'obscurcit d'un coup. Elle se couvrit en quelques minutes d'un voile noir en son milieu, cachant ainsi le sourire ravageur de la Vierge, pour ne laisser apparaître qu'une partie du voile, une main. Et l'enfant.

—Heureusement Jésus nous est resté, murmura Eduardo, pour dire quelque chose.

Puis il décrocha la toile désormais si humble et si misérable, en soupirant. Il l'enferma dans le presbytère et remit l'ancien tableau à sa place, dans la chapelle. Un tableau abimé par la fumée des cierges, qui avait vécu un siècle durant sa vie d'œuvre sainte, en avait souffert dans son vernis et chacun de ses pigments, ne s'en était pas remis. Une Vierge à l'enfant comme on en avait peint des milliers, qui avait autrefois un regard doux et attentif, un visage aux traits fins, petite bouche close et l'air de savoir exactement ce qu'elle faisait là.

Une Vierge à sa place, plutôt discrète. Et pas si joyeuse.

La folle de St Petersburg

C'est un Octobre sombre et glacial, on croirait l'hiver. C'est un mois triste à mourir et les fiacres roulent à petite allure le long de la Neva, dessinent une procession de pénitents tandis que des ombres passent le long des trottoirs, comme des fantômes gris.

—C'est ainsi que je vois les choses, murmure l'écrivain debout à sa fenêtre. La réalité est sans doute très différente et peut-être même fait-il un temps radieux, peut-être l'été s'est-il prolongé, comme cela arrive parfois, même chez nous. À quoi bon vérifier? Faut-il donc que je tire ce rideau qui me masque la vue de l'extérieur, que j'ouvre enfin la fenêtre et aspire l'air de St Petersburg, pour voir ?

Et sentir. Il lui semble que le monde a perdu ses saveurs et la plupart de ses parfums, que toute couleur s'en est allée, emportée par la mer, toute brillance, toute splendeur et cela est arrivé si vite, si vite.

En ce mois d'Octobre 1878, Fiodor Dostoïevski pleure son fils Alexis, son Aliocha mort subitement d'une crise d'épilepsie, sa propre maladie. Il jouait avec un cheval en bois, accroupi sur le grand tapis, imitait son hennissement et hop. Plus de bruit d'enfant, rien d'autre que son cri à lui et les hurlements de la mère, bientôt tout tordus comme des aboiements. Et cette ultime convulsion du petit corps et cet abandon. Ce départ.

Les Démons sont sortis en plusieurs épisodes dans le Messager russe et l'on parle dans toute la ville du romancier prophète, de l'écrivain voyant, du génie qu'on trouvait en-

core si médiocre il y a peu, et ces louanges dépassent les frontières, s'étendent dans les pays d'Europe comme des tentacules. Mais le fils du génie est mort il y a deux semaines. Ou trois, il ne compte plus. Le petit ange est parti.

-Il n'avait que trois ans, peut-on mourir à trois ans ? Demande Fiodor Dostoïevski.
Mais Dieu ne répond pas.

Alors il allume une cigarette et sort de l'appartement, se dirige vers l'église Notre-Dame-de-Vladimir, « son » église. Il a fermé sa veste jusqu'au col, il plonge dans l'odeur d'encens et se dirige vers l'iconostase. Parmi les figures de saints et de saintes, au milieu des dorures époustouflantes, elle est là et il néglige la Vierge au visage penché arrivée par bateau de Constantinople, pour aller s'agenouiller devant ELLE, exactement en face d'elle. Elle a de longs cheveux blonds, un regard perdu, très violent et porte un long bâton de pèlerin.

—Aide-moi Xenia, dit-il à voix haute comme il parlerait à une sœur et la Sainte semble l'écouter.

On la jurerait attentive et compatissante.

Xenia

Cet imbécile vient trop tard, je ne peux plus rien
faire. Qu'il aille prier la Vierge au visage penché,
dont le Fils est revenu sur terre. Qu'il lui parle
humblement de son Aliocha, mais connaît-il l'humilité, cet homme-là. Qu'il se mette à genoux devant l'iconostase et demande à Dieu, à travers les
Saints et les Saintes, de ne pas l'abandonner aux
ténèbres.

Il ne s'est pas attardé cette fois, je l'ai entendu
tousser et maudire le destin, car il ne sait pas se
taire. Ni attendre, composer avec la vie, la mort.
Plier, courber le dos. J'ai moi-même marché ainsi
le dos rond des mois durant, des années et n'en
suis pas morte. J'en ai même été heureuse, j'ai joui
comme une folle de cette humilité. Alors lui.

Je l'ai vu s'éloigner de mon image en soupirant
comme un homme désespéré, sortir de l'église et
longer la Fontanka, comme poussé par le vent
d'automne. Le soleil inondait les derniers étages
des plus beaux immeubles, une péniche passait sur
l'eau à petite vitesse, il n'a rien vu. Puis il a rejoint
la perspective Nevski, à grands pas.

J'ai fini par l'abandonner et me suis collée bien
plate sur mes dorures, avec mon air farouche qui
impressionne et mon bâton pour faire fuir les

chiens. Je n'ai jamais aimé lire, qu'il aille au Diable avec ses romans. Ceux qui hantent les bibliothèques au point de sentir la poussière, ceux-là disent que ses livres me ressemblent, qu'on y renoncerait à tous les biens au nom de la liberté. Qu'ils sont assez fous, tous, pour vouloir être Dieu. Je n'ai pas voulu être Dieu, moi, je n'ai été qu'une femme, une pauvre femme d'assez petite taille, enterrée il y a longtemps au cimetière Smolensk, auprès d'Andreï. J'ai été Xénia Grigorievna Pétrova, veuve du colonel de l'armée impériale. Mais j'ai été libre, dans les villes, les champs et les chemins de terre, aussi libre que son Stavroguine. J'ai été la grande vagabonde, la Sainte sans demeure, les pieds nus dans mes chaussures.

Lui, n'a fait que prendre des fiacres. Et le train, de St Petersburg à Pavlovsk. Il a été l'esclave des kopeks perdus au jeu, s'est soumis à cet espoir d'être plus riche que le plus riche des hommes. J'ai renoncé, moi, à ma fortune. J'ai tout donné, j'ai abandonné ce qu'Andrei m'avait laissé. Ma maison avec ses murs couverts de palmes peintes, mon or et mes bijoux, mes robes. Je me suis mise nue devant les miroirs et ai revêtu le costume militaire de mon époux, la grande tenue à galons dorés du mort. J'avais vingt-six ans, j'étais belle encore. Et j'ai oublié mon nom, je n'ai plus été Xénia, la douce Xénia qu'on apercevait à la Cour, les jours où Andrei conduisait le chœur dans la chapelle. Je suis devenue Andrei Feodorovich, la folle en Christ.

J'ai marché et marché encore, je suis allée prier la nuit dans les champs, à genoux dans l'herbe humide. J'ai très peu dormi, je ne voulais plus. Et le jour, j'avançais sur les trottoirs de St Petersburg, le long des canaux et parlais à ceux qui passaient, les hommes, les femmes, les vieillards. Certains pressaient le pas, d'autres s'arrêtaient. Tous disaient que mes paroles étaient incompréhensibles, qu'elles appartenaient à une autre langue, quelque chose d'inconnu. Moi je ne sais pas, je parlais. Du temps d'Andrei, nous conversions en Français au Palais de Gatchina, avec notre Tsar Alexandre, notre colosse. Du temps d'Andrei nous sommes allés à Paris avec Narychkine et le Roi nous a reçus à Versailles. Peut-être ai-je conservé quelques mots de cette langue dans ma mémoire.

Mais mon esprit est si rempli de Dieu, où sont mes souvenirs ?

Igor Narychkine parlait le Français avec un accent épouvantable, le Roi ne le comprenait pas, il faisait semblant.

—Je crois que l'un de vos Tsars a épousé une Narychkine, a-t-il dit.

Et Igor a secoué la tête, ce qui signifiait que le Roi avait raison mais que cela n'avait aucune importance.

Un jour Andrei est mort et on l'a enterré au cimetière de Smolensk. Je l'aimais tant, j'ai tant souffert que le monde m'a semblé se déchirer. J'ai hurlé dans le noir, me suis heurtée aux meubles, aux murs, je divaguais. J'ai marché de l'île de Vasilievsky jusqu'à sa tombe, pour lui parler encore et je crois que son visage est apparu sur la pierre. Son beau visage de colonel. Mais je n'en suis pas sûre, et ne voudrais pas mentir. Andrei était un homme magnifique et courageux mais trop plein de désirs, je ne suffisais pas. Combien de femmes a-t-il tenues dans ses bras ? Combien a-t-il déshabillées en soufflant, au lendemain de ses batailles ? Je l'ignore et ne veux pas le savoir. Je laisse le compte de ses maîtresses à Dieu, qui a la délicatesse de se taire. Je Lui laisse l'image des débordements de mon époux, les mauvaises scènes d'alcôve et les cris de plaisir dans les lieux secrets. Je Lui dis prends, c'est pour toi, c'est la vie d'Andrei, que tu as fait mourir au combat d'un coup de chachka, pour le punir. Moi je lui aurais tout pardonné. Mais je ne suis pas Dieu.

L'écrivain prétend qu'on peut se passer du Seigneur, qu'il suffit de ne plus craindre quoi que ce soit, pas même la pierre qui tombe. Qu'il suffit de se tuer avec son arme ou de jouer comme font certains avec la vie, la mort et alors on devient Dieu. On l'écarte, on lui dit va-t-en plus loin et l'on prend sa place. Quel orgueil.

Je n'ai pas été orgueilleuse, j'ai été femme des chemins au point qu'on m'a crue folle. J'ai eu la passion du Christ, ai voulu me débarrasser de tous mes biens pour ne laisser apparaître que mon âme.

Qu'il aille au Diable, Fiodor Dostoïevski, avec sa barbe trop fine et sa veste mal boutonnée, son éternelle veste de laine à grand col. S'il croit que je ne l'ai pas vu s'agenouiller devant moi et me demander la lune, pour son fils.

—Fais-le revenir, suppliait-il. Demande à Dieu à ma place, toi il t'écoutera.

Mais Dieu nous écoute tous !

Partout on ne parle que de ses livres, on crie au génie et c'est ce qu'il voulait. Qu'il savoure son succès enfin revenu et pense à quitter son meublé misérable, les murs y sont trop humides pour sa santé, ils auront un jour raison de lui. Un hiver trop froid comme il s'en produit et hop. Qu'il se presse d'oublier son enfant mort, son Aliocha. Ils s'en vont si facilement à cet âge.

Dans longtemps ils diront encore que j'étais Sainte et mon image sera-t-elle intacte ? Les peintures s'écaillent sur la surface des icônes et l'or devient poussière, les visages se fanent, disparaissent.

On m'a peinte en prière sur la neige, en vagabonde le long des chemins, en visite dans une ferme. On m'a fait porter en secret des pierres pour l'église de Solensk, on m'a auréolée et l'on m'a posée tout près du Christ. Pourvu que tout cela reste intact, ces souvenirs de moi, ma présence.

Car je fais des miracles.

Des prédictions. Il paraît.

J'ai sauvé notre Tsar du Typhus quand la Grande Duchesse m'a réclamée. Il m'a conduite au Palais, avec mes pieds nus dans mes chaussures et mon uniforme de l'armée impériale sali et déchiré. Je n'avais pas grande allure, Alexandre m'aurait insultée s'il n'avait pas eu autant de fièvre. J'ai posé une main sur son front brûlant, Maria Feodorovna a frémi, je l'ai vue se tordre les doigts, j'ai vu ses lèvres disparaître sur son visage. Mais elle m'a laissée faire et la fièvre est tombée, notre Tsar était guéri. Et j'ai secouru bien d'autres malheureux, par mes prières. J'ai aidé des femmes à trouver un époux, on a demandé mon aide pour les alcooliques qui déliraient, les femmes stériles, les désespérés. Les conducteurs de fiacres me faisaient monter quelques minutes pour s'assurer une bonne journée, les marchands du bazar m'offraient leur pain pour faire de bonnes affaires. J'ai dit l'avenir à une jeune fille qui m'avait ouvert sa porte :

—Vous buvez votre café brûlant et qui sent si bon, pendant ce temps votre époux enterre sa femme, à Okhta.

—Mon époux ne peut pas avoir deux femmes ! Et je ne suis pas mariée, tu dis n'importe quoi, vagabonde et les enfants ont bien raison de te jeter des pierres.

La jeune fille a épousé un veuf, qui enterrait sa femme au cimetière d'Okhta, au moment où je lui parlais.

—La folle en Christ avait raison, a-t-elle dit.

Je voyais des choses, c'est tout. A quoi bon se moquer de moi, me poursuivre pour me faire mal ?

Seulement elle, j'ai refusé de l'aider. Comment aurais-je pu ? Car il y avait cette blondeur sur ses cheveux lâchés, ce nom d'aristocrate et le regard farouche… comprenez-moi, qu'auriez-vous fait à ma place ?

Je me suis cachée à l'intérieur de l'image, me suis faite invisible sous la feuille d'or. Et j'ai serré les poings, j'ai fermé les yeux, me suis tenue immobile. Une statue, un mur, une boule de refus.

Comprenez-moi. J'ai fait celle qui n'entendait pas et ne voyait rien, de quoi me parlait-elle déjà ? pourquoi me suppliait-elle, à genoux dans son salon? J'ai fait celle qui ne comprenait pas.

Tania

Elle porte une robe couleur de vin achetée chez
Sandro, des bottines en cuir. Elle a posé un foulard en soie sur sa tête, d'où s'est échappée une
longue mèche de cheveux blonds. Elle vit loin de
la Russie, dans une rue calme du quartier de la
Muette. L'appartement a de hauts plafonds, un
très grand salon et un balcon traversant qui donne
sur les jardins du Ranelagh. Ses arrière-grands-pa-
rents paternels vivaient à St Petersburg au temps
du Tsar Nicolas II et elle connaît par cœur cette
mythologie familiale : le couple n'a pas fui au moment de la Révolution, par manque de courage sûrement. Il s'est plié à de nouvelles lois, s'est fait
discret, servile. Se faire remarquer était mourir.
Les biens de la famille ont été saisis, le mari est devenu chasseur de loups parce qu'il connaissait les
bêtes et les armes. La femme s'est occupée du po-
tager d'une chapelle, a fait aussi de petits travaux
ménagers, ménage et repassage. La vie a continué,
lente et difficile mais ils se disaient heureux.

—Nous avons à manger, répétaient-ils à leurs enfants. Et vous avez une bonne éducation. Vous la
donner est tout ce qu'il nous reste. Mais il faudra
que vous partiez, vous.

Deux des enfants ont quitté la Russie, l'un des
deux s'est installé à Paris et a fait fortune dans la

restauration, la fille au foulard de soie est son enfant. Et elle a épousé Marc, parti en mission de surveillance dans un désert de sable et de pierre hérissé de montagnes, un pays où la guerre n'arrête jamais. La dernière image qu'elle a de lui est celle d'un officier dans son uniforme. Il l'a embrassée, elle s'est imaginé qu'il sentait déjà les combats, la poussière, la terre sous les roues des voitures blindées.

Elle a eu tant de mauvaises pensées déjà, elle l'aime tant, il est sa vie, son compagnon, son frère, son amant, elle sait l'odeur de sa peau, connaît la sensation exacte de ses doigts dans ses cheveux, de ses lèvres sur son corps, partout sur son corps. Elle a vingt-six ans et dort mal la nuit depuis qu'il est parti avec d'autres, c'est sa première mission là-bas, aussi loin et de ce pays vers lequel l'avion militaire s'est envolé, elle ne connaît que les images désastreuses des magazines -des murs effondrés, des femmes perdues dans ce qui était des rues, des enfant sales qui s'obstinent à jouer dans les décombres. Et ces hôpitaux de fortune, ces monstrueuses photographies. Alors elle se ronge les ongles et maltraite ses cheveux si blonds, les attache avec des élastiques qui les cassent. Certains matins elle tremble, se demande ce qui lui arrive.

Elle sait ce qui lui arrive, c'est la peur, celle des femmes qui ne s'en vont pas.

Son nom est Tania le Gasquet mais elle est née Apraxine et se sent parfois Russe encore. Un peu et pas tout le temps. Elle connaît l'histoire de ceux qui ont fui avec leurs noms célèbres qui étonnaient les gens, les Romanov, les Tolstoï devenus chauffeurs de taxis ou ouvriers d'usines. Elle a toujours trouvé ces destins moins pittoresques que celui de ses ancêtres restés en Russie.

Elle aime se promener l'après-midi dans les allées du Bois de Boulogne ou sur les trottoirs des Champs Elysées. Elle aime par-dessus tout regarder les vitrines, entrer dans les magasins du Faubourg St Honoré où elle est bien reçue. Elle sait s'habiller, se maquiller, devenir belle, devenir la plus belle des filles de Paris les soirs où elle sort avec Marc. Quand ils entrent dans un restaurant, les gens la regardent et c'est ce qui fait plaisir à Marc, qui bombe le torse comme savent le faire les hommes. Elle est sa fierté, son épouse parfaite. Sa femme d'officier en escarpins Louboutin.

Marc a fait Saint Cyr pendant trois ans, à Coëtquidan dans le Morbihan, il a appris le maniement des armes et la conduite des hommes. Il a défilé avec les autres le 14 Juillet, dans la foule Tania ne l'a pas reconnu. La dernière fois il pleuvait, elle avait hâte que tout cela finisse.

Quand il est en permission, Marc parfois s'en va et elle sait qu'elle ne doit pas l'attendre. Il disparaît dans la nuit, dit qu'il en a assez, qu'il est fatigué. Des femmes l'attendent et Tania ignore à quoi elles ressemblent. Sûrement pas à elle. Quand il revient, Marc a perdu son allure d'officier, il y a en lui quelque chose de misérable.

—Il faut que tu dormes, lui dit-elle alors.

—Pardonne-moi.

Voilà, c'est tout ce qu'il lui dit, « pardonne-moi » et elle pense que souvent il vaut mieux limiter les paroles, concentrer toute la peine, toute la violence, tous les ressentiments et les égarements en une petite phrase échappée comme un souffle, une petite phrase innocente et douce. Une sorte de concrétion des sentiments les plus mauvais.

Ce matin en se levant, Tania a vu les marques bleues sous ses yeux et s'est dit qu'elle portait déjà là les signes du malheur. Puis elle a chassé cette pensée comme on chasse une mouche qui tourne. Aux informations on ne parle pas de ce pays en guerre, ni des troupes françaises en reconnaissance dans les montagnes, on est occupé par les prochaines élections. Tania a éteint son portable et l'a rangé dans son sac. Elle est retournée devant sa glace, ne s'est pas trop reconnue. Elle déteste ces jours où son visage n'est plus à elle, où ses traits sont allés fabriquer une autre femme, très fragile, en équilibre instable entre la vie facile et le désespoir si lourd.

Le perdre serait un désespoir. Une attaque surprise, une fusillade, une mine qui exploserait seraient un désespoir, le jeune officier mort pour la France serait un désespoir.

Alors elle a convoqué tout ce qui lui reste d'âme slave : le souvenir des gâteaux de sa grand-mère, de son parfum aux senteurs d'ambre et cet accent qui a longtemps traîné dans la famille, cette obstination à rouler les R. Et l'image lointaine et un peu floue d'une Sainte qui fait des miracles.

—Elle a soigné ton grand-père, lui a-t-on dit un jour. Tu n'imagines pas ce qu'elle est capable de faire. Mais il faut la prier très fort.

Tania s'est donc résolue à prier Sainte Xenia la Folle en Christ, « en désespoir de cause » s'est-elle dit. A tout hasard et à vrai dire, parce que c'était là pour elle un moyen facile d'aller rejoindre Marc là-bas, si loin. Par la prière à la Sainte, elle savait qu'elle se rapprocherait de lui.

Elle a commandé une image de Xenia -une reproduction sur support de bois reconstitué *certifiée et bénie par l'Eglise orthodoxe,* de douze sur dix-sept centimètres et a choisi une livraison en point relais

-de deux à sept jours assurait le site vendeur, avec numéro de suivi.

L'icône reproduite est celle où l'on voit Xenia debout, son bâton à la main, devant le cimetière de Solensk et l'église qu'elle a aidé à construire dit-on, au plus profond de la nuit. La Sainte a laissé une longue mèche de cheveux blonds s'échapper de son foulard, elle a le même regard farouche que Tania, qui à cet instant dépose l'objet sur le manteau de la grande cheminée du salon.

—Une cheminée dans un appartement, c'est un luxe, a dit Marc quand ils ont visité l'appartement.

Et Tania se tient à présent à genoux sur le tapis offert par ses beaux-parents et elle supplie la Sainte.

—Surveille toutes les voitures blindées que tu pourras apercevoir lui dit-elle, parce que je sais que tu vois tout, Xenia, la Russie entière le dit. Et veille sur les hommes que ces voitures emportent, ne les laisse pas sortir, un pas au-dehors sur les cailloux de la route pourrait les tuer. Tu connais les guerres et la sauvagerie des hommes, protège celui-là qui est à moi.

C'est ce que dit Tania devant l'image de la Sainte, parce que son époux est parti à la guerre.

Marc

Nous sommes au mois de Juillet 2018, trente ans après la canonisation de Xenia par le patriarcat de Moscou. Il fait une chaleur écrasante sur les routes de ce pays lointain où seuls les soldats osent s'aventurer. Les autres, les voyageurs, aperçoivent les terres de loin, de l'autre côté d'une rivière qui sépare le monde en deux. Entre l'insouciance et la terreur coule une eau limpide entourée d'arbres très verts.

Du côté des montagnes, au fond d'une vallée escarpée située à cinquante kilomètres de la capitale défigurée, roulent trois véhicules blindés de l'armée française. Les hommes à l'intérieur sont en mission de reconnaissance, ils se trouvent sous les ordres du Capitaine Marc de Gasquet, trente et un ans, ancien élève officier de St Cyr. En levant les yeux on peut admirer le défilé des montagnes, toutes belles et indifférentes à ce qui arrive en bas. Leurs sommets côtoient le ciel et laissent le malheur tomber dans les vallées, où traînent encore des champs de mines.

Mais il y a les crêtes, où l'on peut enfin respirer et repérer l'ennemi de loin. Le convoi militaire s'arrête sur l'une d'elles, les hommes attaqués par la chaleur à l'intérieur des voitures sortent les uns après les autres. Tranquilles, presque heureux. Et l'ennemi tire au moment où deux d'entre eux allument une cigarette. Ils sont une centaine d'hommes en embuscade comme des cafards derrière chaque arbre, chaque relief. Leur attaque est préparée depuis longtemps.

Les soldats français tombent comme des quilles, on entend les voix, les appels, des aboiements de chiens aussi, surgis de nulle part. Le Capitaine Marc de Gasquet reçoit une balle en plein front.

La Sainte aurait pu modifier le parcours des trois voitures, réaliser ce genre de détournement du destin. Elle aurait pu aussi cacher Marc au fond de l'un des véhicules, le forcer à demeurer à l'intérieur, loin de ses hommes. L'enlever de ce décor écrasé de soleil pour laisser mourir les autres, que Tania ne connaît pas. Mais elle n'a rien fait et c'est sans doute -sûrement- à cause de cette ressemblance, de cette sorte de similitude entre Tania et elle.

—Mêmes longs cheveux blonds, dit-elle encore dans son tableau doré, quand cette histoire lui revient en mémoire. Même existence légère, même âge et cet époux volage qui ressemble tant au mien... Il fallait que nos destins se rejoignent, il fallait bien cela, pour que nous continuions à nous ressembler. C'était une logique nécessaire, alors que pouvais-je faire ?

On ignore cependant ce qu'est devenue Tania et si son destin a réellement suivi celui de la Sainte. On sait seulement qu'elle a disparu après l'enterrement en grande cérémonie du Capitaine Marc de Gasquet, mort au combat en compagnie de ses hommes et parti vers la vie éternelle dans son beau costume d'officier.

Tania s'est *volatilisée*, c'est le terme qu'on a employé. L'appartement de la Muette est aujourd'hui à louer, il suffit de jeter un coup d'œil sur la vitrine de l'agence la plus proche du métro, et le nom de la jeune veuve sera sans doute bientôt effacé des fichiers de ses boutiques préférées.

Il y a bien cette femme avec son foulard sur l'un des trottoirs des Champs Elysées, le plus fréquenté, celui qu'aimait à arpenter Tania. Elle se tient à genoux, le dos courbé, le visage tout près du sol et les bras tendus, mains ouvertes. Immobile. Les passants font un détour pour l'éviter, quelques-uns déposent une pièce tout près d'elle et elle les remercie dans une langue incompréhensible. Mais elle semble plus petite de taille que la jeune veuve. Est-ce Tania ? On ne sait pas. On ne peut pas tout savoir, il faudrait entreprendre une enquête, faire venir deux policiers sur les lieux de cette histoire-un vieil inspecteur fatigué et une jeune recrue au caractère bien trempé. Seulement ce livre prendrait alors une toute autre allure, il sortirait des clous.

Ce que l'on pourrait faire cependant afin de clore au mieux cette histoire, c'est imaginer cette chose-là :

Lors de la première visite effectuée par l'agence chargée de la location du quatre pièces de 120 m2 avec balcon traversant/vue sur les jardins du Ranelagh/troisième étage avec ascenseur/ Place de parking double en sous-sol/ Gardien, lors de cette visite qui semblerait prometteuse (le couple paraîtrait enthousiaste), dans l'appartement vide qui sentirait le produit détergent, l'agent immobilier remarquerait un livre oublié sur le balcon. Sur la couverture, il reconnaîtrait un titre qui lui dirait quelque chose, bien qu'il lise peu : les Possédés, de Dostoïevski. (ou Les démons, c'est comme on veut). Le livre serait resté ouvert à la page 171 et l'on pourrait lire les lignes qui suivent :

« La vie est une souffrance, la vie est une crainte, et l'homme est un malheureux. Maintenant il n'y a que souffrance et crainte. Maintenant l'homme aime la vie parce qu'il aime la souffrance et la crainte. C'est ainsi qu'on l'a fait. On donne maintenant la vie pour une souffrance et une crainte, ce qui est un mensonge. L'homme d'à présent n'est pas encore ce qu'il doit être. Il viendra un homme nouveau, heureux et fier. Celui à qui il sera égal de vivre ou ne pas vivre, celui-là sera l'homme nouveau. Celui qui vaincra la souffrance et la crainte, celui-là sera dieu. Et l'autre Dieu n'existera plus. »

Le bouquet

Esma ne croyait pas aux fées, c'est sûr. Sans doute parce que personne, jamais, ne les avait invitées de ce côté-là de la mer. A sa naissance, ses parents ne la couchèrent pas dans un berceau, ils l'installèrent sur un tapis à même le sol, comme ils l'avaient fait pour ses soeurs et le soir, parfois, ils s'accroupissaient devant elle pour lui chanter des chansons. Les notes -les mêmes sans cesse répétées- s'en allaient en longues ondulations vers le plafond et elle fermait les yeux et serrait les poings pour tenter de les capturer. Dans cette lutte elle s'épuisait.

Elle croyait à ces êtres invisibles nés d'un feu sans fumée et capables de tout, dont le nom évoque la chaleur du désert et les palais aux murs couverts d'arabesques. Parfois elle sentait la présence de l'un d'entre eux tout près d'elle, une sorte d'haleine chaude. Elle se méfiait, ne trouvait pas le sommeil.

—Cette enfant n'est jamais contente, disaient ses parents, ses oncles et ses tantes.

Et quand plus tard elle fut emprisonnée, car cela lui arriva, elle sut qu'ils étaient là, tous réunis dans l'ombre de la cellule, collés au mur en une masse épaisse et remuante. Alors elle les défia, leur lança toutes les insultes qu'elle connaissait dans sa langue et dans celle des hommes qui l'avaient enfermée. On lui cria de se taire.

Ensuite, longtemps après, elle pensa les avoir oubliés. On avait vu son nom dans les journaux, on l'avait invitée à la radio, à la télévision, elle était devenue une personne importante et l'on peut imaginer la fuite définitive des petits êtres maléfiques, affolés par les caméras et les lumières, par toute cette notoriété.

Les fées, elles, l'observaient peut-être encore, ce jour-là dont il sera question. On ne sait pas. Ces créatures résistent-elles aux grosses chaleurs ? Ce jour de Juillet, où déjà âgée elle revint à Paris, sa « ville chérie » disait-elle, la canicule annoncée brouillait la vision, faisant vibrer les contours des objets, des murs, des balcons et des toits. Mais ceux qui l'attendaient se rassurèrent en pensant aux rochers brûlants sur lesquels elle s'était tant de fois brûlé les pieds, aux sauterelles jetées au feu qu'on vendait au bord des routes, dans ce pays d'où elle venait. À la chaleur moite enfermée à l'intérieur des voitures, des autobus. Ils rappelèrent l'odeur des moteurs en surchauffe, celle de l'asphalte en fusion et la torpeur qui engourdissait là-bas l'existence, ralentissait les gestes et rendait insupportable le vol énervé des mouches - tout ce qui faisait ses terres en somme, de l'autre côté de la mer. L'été parisien n'allait pas tant la surprendre.

***

L'avion atterrit à quinze heures. La vieille Esma se pencha vers le hublot pour apercevoir la piste, le ciel au-dessus d'Orly, les allées et venues du personnel au sol et tous les appareils à l'arrêt. Elle observa un instant les ventres ouverts sur des passerelles en fer, les silhouettes sombres et un peu raides des pilotes, quelques pigeons égarés dans un univers hostile, plus téméraires que les autres et qui parfois s'installaient là, immobiles et si éloignés du ciel. Puis elle attendit que les autres voyageurs soient descendus, ôta sa ceinture et se leva, très lentement. Elle fut aidée par une hôtesse, s'appuya à son bras. Ses jambes la faisaient souffrir depuis des mois, ses gestes étaient devenus plus maladroits, ses pensées plus flottantes ces derniers temps, incroyablement incertaines. Une femme floutée par le temps, pensait-elle quand elle réfléchissait sur elle-même.

Un vieil enchantement revint pourtant quand elle quitta la passerelle et le monde autour d'elle s'éclaira à la façon d'un faisceau lumineux braqué dans sa direction. Elle ferma les yeux un instant. Entendit qu'on lui demandait si tout allait bien, répondit que oui, bien sûr puisqu'elle se trouvait enfin là. Là où elle devait être.

—Il suffit de si peu de choses pour être heureux, disait-elle autrefois à ses détracteurs. Nous n'avons jamais réclamé la lune, reconnaissez-le. Juste ce qui nous revenait de droit.

A l'intérieur de l'aéroport, elle le savait, des gens l'attendaient, ramassés devant les portes vitrées. Ils avaient quitté un bureau, une famille, avaient pris des taxis et des RER, s'étaient hâtés dans les couloirs surchauffés afin de ne pas la manquer et de savourer l'attente surtout, ce décompte des minutes les unes auprès des autres. Tous unis dans la

même envie qu'elle arrive enfin et que ce soit extraordinaire.

—Je ne suis pas extraordinaire, disait-elle. Où
avez-vous trouvé une idée pareille ?

Elle venait de l'autre côté de la mer, cette mer si
bleue que l'avion avait survolée au départ, avec ses
côtes déchiquetées -des anneaux dessinés d'une
main qui tremble. Aux yeux de ceux qui l'admi-
raient, elle était toujours la fille du désert et des
terrasses blanches, des rochers qui tombent dans
des eaux claires. Celle qui mangeait des dattes au
milieu des ruines romaines, qui jouait avec des
nèfles et des pépins de grenades. Elle était *l'icône*,
c'est ainsi qu'on l'appela dans la presse, mais ceux
qui l'attendaient à l'aéroport se contentaient de
son prénom. Pour eux elle était Esma, qui signifie
sublime. Ils ne l'avaient jamais vue encore, jamais
vue en chair et en os devant eux mais ils l'atten
daient les bras croisés comme on vient chercher
une sœur, une tante, une personne très proche. Ils
guettaient leur égérie découverte sur des photos,
leur sainte parmi les saints et auraient voulu con-
voquer autour d'elle toutes les télévisions du
monde, toutes les foules et brandir pour elle des
affiches géantes.

***

Après sa libération, qu'on estima miraculeuse car on n'aurait pas donné cher de sa peau, une quantité de petites filles reçurent son prénom en héritage. C'était une façon simple de l'honorer. Mais elle n'en tira aucune gloire et n'appréciait rien tant que l'ombre bienfaisante derrière les volets clos. Un jour elle fit couper ses cheveux, puis elle permit à son corps de s'épaissir, à son dos de se voûter, à ses jambes de se couvrir de veines très bleues. Cependant dès qu'on la rencontrait, on la reconnaissait. Et l'on s'inclinait devant elle, on la félicitait pour ce qu'elle avait fait, ce costume de guerrière qu'elle avait endossé très jeune, au nom des siens. Il n'était plus de son âge, elle s'était calmée. Mais d'autres causes l'appelaient depuis quelque temps, qui n'attendaient que des femmes comme elle. Des femmes qui portaient encore un peu de leur passion sur les épaules. La bête accrochée à leurs pensées, à leur corps n'était pas tout à fait morte et la détresse des familles exilées, égarées dans des villes froides, était venue la réveiller.

Le sort des réfugiés l'avait renvoyée dans les aéroports.

On oublia les meurtres, on préféra parler de batailles, on dit que c'était la guerre et qu'à la guerre des gens sont tués. Que c'est ainsi.

***

Toutes ces personnes pour elle, un troupeau bruyant penserait-elle. Et il faudrait qu'elle les embrasse. Elle allait devoir leur offrir ce qu'elles at-

tendaient, son affection. Quelque chose de spon-
tané. Avec quelques mots pour répondre à leur
présence.

—Merci d'être venues

—Vous n'auriez pas dû

—C'est très gentil, je suis touchée. Je ne m'y attendais pas, tant d'honneurs. Je n'ai plus l'habitude.

Elle verrait, improviserait.

—Vous savez pourquoi je suis venue, ce n'est pas
un mystère. Je ne pouvais pas rester ainsi, déta-
chée. Tous ces malheureux ont besoin de moi,
n'est-ce pas…mais cette chaleur chez vous, c'est
inhabituel. Comment supportez-vous cela ?

Et le bruit confus des voix, les applaudissements
de quelques-uns d'abord, puis de tous, et son prénom scandé tout à coup, Esma, Esma ! qui réson-
nait à l'autre bout du Terminal. Tout cela la fati-
guait, elle eut envie de se boucher les oreilles,
comme font les enfants quand les adultes parlent
fort mais elle tint bon, se plaignit à peine.

—Je suis épuisée, depuis plusieurs mois je ne vais
pas bien, vous devez le savoir. Mais qu'importe,
ne parlons pas de moi.

***

Elle était sortie de l'avion comme on marche sur un fil, gênée par une lumière sauvage qu'elle n'attendait pas, puis si heureuse tout à coup -un bonheur fugace, une bouffée de joie.

Elle savait. Se souvenait.

Elle portait un pantalon en toile bleu marine, un chemisier rayé et sur son visage de vieille femme. À bien observer, on reconnaissait tout de suite des choses.

La bouche de la photo, juste un peu plus fine

Et cette beauté, encore là.

—Je suis si heureuse, dit-elle dans le brouhaha des compliments. J'aime tant Paris. Quand j'étais petite…

Mais il ne fallait pas qu'elle raconte sa vie. Du moins pas le début, qui n'était pas si intéressant.

—Quand j'étais petite, je voulais vivre dans un pays heureux. Le mien ne l'était pas. Et toutes ces fleurs pour moi, il ne fallait pas.

Du rouge, du blanc et quelques touches de jaune, le bouquet qu'on lui tendit était rond et plutôt encombrant, elle ne put pas dire s'il sentait bon, là où elle se trouvait à cet instant, cela sentait le plastique chaud et le détergent. Elle en saisirait le parfum plus tard, à l'hôtel. Elle se pencherait alors vers les fleurs déposées dans un vase et leur demanderait leur odeur. Dans son pays, les odeurs étaient ce qu'il y avait de précieux.

La mer et les épices, le bois mort qu'on brûle, l'herbe sèche et tout ce qui reste longtemps sur la peau des femmes.

***

Et justement, le bouquet. Ce fut elle, Typhaine, qui fut chargée de le lui remettre, au milieu des acclamations et des cris des femmes, qu'on entendait jusqu'au fond du Terminal.

—Je crois qu'elles vous souhaitent la bienvenue. Elles sont contentes de vous voir… les fleurs sont pour vous.

Typhaine avait vingt-trois ans et une licence en droit obtenue à la force du poignet après des années difficiles, des bifurcations.

—Il n'était pas prévu que je fasse des études pareilles, disait-elle généralement quand on l'interrogeait sur sa vie, sur son drôle de parcours.

Elle ajoutait qu'à cause des perturbations du RER C, elle manquait parfois ses cours, qu'elle se débrouillait pour les rattraper. Et elle s'en tenait là, à ces généralités.

—Mais je ne suis pas très intéressante, disait-elle à la fin.

—En tout cas votre prénom…

—Quoi, mon prénom ?

***

Dans Typhaine il y a haine, mais il arrive que les prénoms ne veuillent rien dire. Ils peuvent être le fruit du hasard, une décision irraisonnée des parents, un tirage au sort sur un calendrier des Postes. Un prénom par défaut, pas pire qu'un autre et juste déposé au-dessus du berceau et sur un livret de famille, parce qu'il fallait bien trouver quelque chose. Un prénom choisi en désespoir de cause et qui n'engage à rien, à condition de ne pas prêter l'oreille à quelques vilains récits, que d'autres ressassent parce qu'on y retrouve des fées, merveilleuses en dépit de tout. Des histoires d'enfants dans des cités perdues au fond des banlieues tristes, là où ne poussent pas les fleurs.

Le berceau avait déjà beaucoup servi, le bois était fendu par endroits, parcouru de traînées pâles. Mais à l'intérieur se trouvait une enfant ravissante.

Les fées avaient été averties de cette naissance, mais n'y avaient pas prêté une grande attention. Ou avaient fait mine de ne pas se sentir concernées. Ces créatures traversent rarement le périphérique pour s'aventurer dans les mauvais quartiers, là où se multiplient les fenêtres. Celles-ci savaient à quel point, à l'intérieur des tours grises, la vie pouvait être bruyante et triste. Elles pouvaient se figurer les visages fermés, les mauvaises paroles, les destins absurdes et les espoirs écrasés sur les murs, quoi qu'on fasse.

Elles rechignèrent à intervenir, prétextèrent d'autres missions plus urgentes et un afflux de naissances, surtout, dû à la pleine lune ou à quelque configuration exceptionnelle des planètes.

Et puis leur bonne nature reprit le dessus. Il leur fallut alors un plan détaillé des lieux, sur lequel elles entourèrent des noms de stations d'autobus, des numéros de rues, des lettres capitales qui leur permettraient de s'y reconnaître dans les bâtiments -A, B, C, D, E, ce n'était pas si compliqué.

Elles s'égarèrent pourtant, pensèrent un moment demander leur chemin, y renoncèrent.

Elles ignoraient encore le prénom de l'enfant, savaient seule-
ment qu'il s'agissait d'une fille. On leur avait vanté la fi-
nesse de ses traits de façon à les attirer, et l'on n'avait pas
menti.

—Certains enfants sont plus réussis que d'autres, disaient
les fées quand personne ne pouvait les entendre.

Elles montèrent les étages à pied, car l'ascenseur était en
panne, comme d'habitude.

—Donc tu t'appelles Typhaine, déclara l'une des fées enfin
arrivées à destination.

Et elle ajouta :

—Typhaine vient de Théophanie, c'est du grec. Le nom si-
gnifie apparition divine, une chose qui n'est pas forcément
violente, rassure-toi. On s'imagine tout de suite des orages,
des explosions et le fameux buisson ardent, quelques
grandes émotions et quelques éblouissements, tout un tra-
lala parce que Dieu, c'est quand même Dieu. Mais Il peut
tout aussi bien se manifester dans ce « bruit d'un léger si-
lence » dont on parle parfois, cet oxymoron en forme de
brise légère -pardonne-moi pour ces complications de lan-
gage. Tu seras une brise légère, Typhaine. Et n'écoute sur-
tout pas les mauvaises langues, tiens-toi toujours éloignée
des vents déchaînés et des grandes passions, ce sont là de
grands dangers.

Sinon, je dois te dire aussi : ton chemin est déjà tracé, tu feras ton droit dans une université prestigieuse et nous ne pensons pas, les unes comme les autres, que cela te passionnera. Tu es prévenue et ce n'est pas si grave.

Mais une méchante fée entra dans la chambre de l'enfant, suivie par une cohorte de garçons qui traînaient au bas de l'immeuble. Elle insista pour parler :

—Ces tempêtes t'attireront un jour comme les abeilles sont attirées par le pot de miel, les mouches par le crottin du cheval, dit-elle avant de s'évaporer dans la nature.

Les garçons étonnés par cette disparition soudaine scrutèrent les murs et la cage d'escalier, à la recherche de sa trace.

Une déléguée du ministère, qui avait accroché un badge à sa veste, s'approcha de Typhaine comme on s'approche d'un insecte.

—C'est vous qui représentez la FIDH ? Lui demanda-t-elle. On vous attendait, on craignait qu'ils aient renoncé au dernier moment. Avec les ONG on ne sait jamais, on a des surprises. Vous lui donnerez les fleurs, n'est-ce pas ? Ce serait bien que ce soit vous. Et vous l'accompagnerez certainement à son hôtel, je crois que c'est ce qui est prévu.

Dix roses rouges du genre de celles qu'on offre aux divas. Les pétales jaunes des fleurs de l'alstroemeria, l'eucalyptus, un feuillage sombre de graminées pour épaissir le bouquet et lui donner une allure champêtre, quelque chose d'improvisé. Un papier de soie lie de vin et le nom du fleuriste sur l'étiquette. Il n'y avait pas tant de boutiques ouvertes à Paris, si tôt le matin.

C'est pour vous, murmura Typhaine en tendant son cadeau et Esma ne l'entendit pas, il y avait trop de bruit. Mais elle regarda le bouquet avec curiosité et la remercia en souriant.

Ses mains tremblaient un peu, elle semblait perdue tout à coup. Une petite vieille égarée dans une foule.

—Vous pouvez me le garder ?

—Comment ?

—Le bouquet, vous pouvez le prendre un moment ? Parce que toutes ces personnes m'attendent.

Et le visage ratatiné se reprit, adoucissant ses traits, les joues se lissèrent et le dos se redressa autant qu'il le put, le corps tout entier sembla grandi.

Quelqu'un lui présenta un micro et elle parla de sa mission, dénonça ces insupportables conditions de vie, ces populations qui n'avaient plus rien, ce défaut d'humanité. Alors tous firent silence pour l'écouter. Puis elle en vint aux siens, parce qu'elle en venait toujours à eux.

À son peuple. Des hommes et des femmes, des enfants, des vieillards, expliquait-elle. Ces gens qui avaient pour eux la mer et le soleil, leurs ruelles sombres et leurs cafés, leurs échoppes misérables et leurs trottoirs défoncés, leurs mauvaises odeurs et leurs escaliers, les sentiers où aller se perdre vers quelques montagnes arides.

—Les murs derrière lesquels se cacher, souvenez-vous. Vous connaissez l'histoire, comme moi. Il y a des années…il y a tant d'années déjà et faut-il qu'on en parle encore ?

***

L'histoire retint d'emblée cette journée-là, qui avait si bien commencé et s'achèverait d'une façon spectaculaire. Il faisait un temps radieux et c'était un Dimanche comme les autres,

plus insouciant encore sans doute, parfois l'air est si léger.
C'était une journée faite pour danser au bord de la mer,
pour prendre des verres aux terrasses des cafés, pour manger
des glaces, pour se dire qu'on s'aimait et que le Diable pou-
vait aller se faire voir ailleurs, surtout. Esma avait choisi
une robe imprimée aux genoux, coupée dans une cotonnade
très européenne, avec une ceinture blanche. Elle portait à la
main un sac de plage en paille tressée. À l'intérieur du sac,
elle déposa la boîte en bois verni, puis un maillot de bain à
motifs discrets, une serviette rayée, de l'huile solaire achetée
dans une pharmacie et dont elle avait reniflé le parfum. Un
peigne à dents larges, un miroir de poche. A un moment elle
leva les yeux vers le ciel, rendu encore plus bleu par
quelques nuages blancs.

Elle ressemblait à une femme sur un tableau, une femme
très jeune et très belle avec une jolie robe -des pois rouges sur
un tissu blanc.

***

Typhaine savait tout cela comme les autres, peut-
être pas la couleur du ciel mais tout le reste. Elle
n'était pas née au moment du sac de plage, sa
mère non plus ni son père mais elle savait, pour la
boîte en bois verni et ce qu'il y avait à l'intérieur.
La ville épouvantée, la traque dans les ruelles
sombres et les représailles, tout cela se trouvait
dans les articles qu'elle avait lus. Et voilà que l'hé-
roïne de ces pages se tenait devant elle, un micro à

la main. Elle se demanda alors qui était la plus ré-
elle, celle des journaux aux cheveux bouclés, au regard farouche ou la femme intimidante et fatiguée,
qui s'était approchée d'elle et la regardait à présent
derrière ses lunettes noires.

—Venez près de moi, vous avez les cheveux que
j'avais à votre âge. Est-ce pour cela qu'on vous a
choisie, pour le bouquet ? Comment vous appe-
lez-vous?

Les verres teintés cachaient le regard de la vieille
femme mais de près, on reconnaissait ses yeux,
ceux de la photo du procès. Cet air bravache
qu'elle pouvait prendre sans prévenir, cette façon
de rire au nez du juge. Et si elle ôtait ses lunettes…

—Mes yeux ne veulent plus voir la lumière, depuis
quelque temps et il n'y a rien à faire. Ce n'est pas
drôle de vieillir, j'étais belle vous savez. C'est pour
cela que mon mari m'a aimée, il appréciait les jolies femmes. Il n'y en a pas tant que cela dans les
prisons.

***

*On ignore ce que l'on fit du sac de plage, si on le rangea
dans une armoire en fer comme il en existe dans les com-
missariats, ou s'il fut jeté aux ordures avec tout son con-
tenu. Mais dans la nuit, cinq hommes armés emmenèrent*

la coupable pour la punir de ce qu'elle avait fait. Elle ne fut pas surprise.

Dans les sous-sols de la prison, ils la mirent nue dans l'odeur du salpêtre et elle ne pensa pas à se débattre. Puis ils lui bandèrent les yeux, l'attachèrent à un banc et mouillèrent ses liens. Ils firent cela dans cet ordre, qui était le plus logique et pouvait donner les meilleurs résultats, de toute évidence.

Elle s'évanouit vers trois heures du matin. On n'y était pas, mais c'est ce qui a été raconté, avec des détails terrifiants qu'il est sans doute inutile de rappeler.

De ses souffrances, elle ne parla jamais. D'autres le firent à sa place. Tout juste évoqua-t-elle la présence de l'enfant devant elle, à l'intérieur d'un sous-sol obscur, les yeux épouvantés.

—Le plus jeune chez nous était un garçon, expliquait-elle. Lui aussi ils l'ont attrapé.

***

—Ces fleurs doivent sentir très bon, n'est-ce pas ? Ils ont pensé à mettre des roses rouges, c'est une bonne idée. J'aime tant les roses, le vent sur le sable en dessine de très jolies, dures comme la pierre et qui ne fanent pas.

La foule s'était dispersée, le brouhaha s'était éteint. Déjà apparaissaient, derrière les vitres, les passagers des vols suivants. Le terminal avait repris son allure routinière, on avait rangé le micro, détaché les trois banderoles.

Typhaine s'assit avec Esma à l'arrière d'un taxi blanc. Sur la banquette recouverte d'un épais tissu anthracite, le bouquet séparait les deux femmes. Dans un virage, il se déplaça légèrement et Typhaine le remit en place.

—Je peux ouvrir ma fenêtre ?

—Si vous y tenez.

La réponse du chauffeur fit rire Esma, Paris serait toujours Paris et la jeune fille avait raison, on étouffait dans cette voiture en dépit de la climatisation.

—Vous êtes bien jeune, vous, pour vous occuper d'une vieille femme comme moi. Je me demande pourquoi ils vous ont envoyée.

***

Typhaine vient exactement du grec Theophanios et si l'on s'en tient à son étymologie, on peut considérer que ce prénom conduit celle qui le porte tout droit vers un grand destin. Sinon ce n'était pas la peine de le choisir, il existe suffisamment de Saints dans le calendrier. Des Saints tranquilles, qui vécurent très vieux dans des monastères. Des Saints qui n'avaient rien demandé. Rien d'autre qu'un peu de silence pour leurs prières, la lumière du jour pour rythmer leurs journées et quelques travaux dans les jardins.

Au bas de l'immeuble de dix étages où grandit Typhaine - on disait « la tour B »- s'étendait ce qu'on appelait « un espace vert ». Mais l'herbe ne repoussait plus, le toboggan était fendu sur toute sa longueur et personne n'était jamais venu le remplacer. Les grands destins, dans cet environnement bien délabré, ne se trouvaient pas trop à leur place et l'on remarquait plutôt des silhouettes qui rasaient les murs, tournaient en rond dans ce qu'on appelait encore « les allées », marchaient au milieu des automobiles, des sacs plastique à la main.

***

Le taxi roulait sur la file de gauche, le chauffeur pestait dans le haut-parleur grésillant de son téléphone, encore une course annulée au dernier moment, mais qu'avaient-ils tous à se décommander ? Esma passa une main dans ses cheveux, comme pour chasser ses souvenirs. Ou parce qu'elle avait chaud. La main avait des veines très apparentes, Typhaine remarqua un anneau en or et une chevalière, des doigts un peu épais, des ongles ras. Une main de femme comme il en existait tant et qui disait l'âge de celle à qui elle appartenait, parce que le temps l'avait parsemée de taches brunes. Une main qui avait lavé des enfants, les avait habillés, avait caressé leurs cheveux. Une main qui avait eu toute une vie déjà et ne quittait jamais ses bagues, qui dormait avec elles parce qu'elles faisaient partie d'elle depuis le temps, sans elles on ne pourrait plus la reconnaître, elle deviendrait la main d'une autre, une étrangère.

La même main, bien des années auparavant, déposa une bombe artisanale sous une chaise, à la terrasse d'un café bruyant. Avait-elle vraiment fait une chose pareille ? Le meurtre devait bien laisser quelques marques sur la peau, quelque chose d'indélébile entre les veines ou sous les ongles, comme un tatouage.

—Je suis devenue une femme différente et c'était sans doute mieux ainsi. Maintenant regardez-moi, vous voyez de quoi j'ai l'air. Une vieille passionaria qu'on accueille avec des banderoles, parce qu'elle s'occupe encore de la misère des autres.

**

La ville si blanche avait sorti ses parasols et ses trottoirs à l'ombre, les oiseaux dormaient sur les toits et les fils électriques qui parcouraient la ville. Esma posa son sac de plage à ses pieds et commanda un coca cola, un homme assis à quelques mètres d'elle la regardait, sans doute la trouvait-il jolie dans sa robe d'été.
Une fille ravissante

Une fille du soleil, si attirante et l'homme ne pouvait plus détacher les yeux de ses cheveux bruns lâchés, de ce regard absent qu'elle avait.

Elle n'attend pas quelqu'un, c'est sûr, se dit l'homme. Elle est venue ici pour laisser passer le temps, c'est une fille solitaire, un peu désoeuvrée et tout à l'heure elle en aura assez, elle se lèvera et disparaîtra dans la foule des promeneurs. Elle est mystérieuse et insaisissable, on ne sait pas où elle s'en ira ensuite, vers quelle rue bruyante.

Esma appela le serveur et paya son coca cola. Le serveur lui rendit la monnaie en souriant, il ne la connaissait pas mais il ne connaissait pas tous les habitants du quartier, il ne travaillait pas là depuis longtemps. Puis quand il se fut éloigné, elle se pencha et l'homme qui l'observait à la table voisine contempla un instant son cou, sa nuque. Les boucles brunes, le joli mouvement. Cette inclinaison gracieuse.

***

—La bombe n'a pas explosé, vous êtes au courant ? Je n'ai tué personne. Je le voulais, pourtant.

Le chauffeur monta le son de la radio, on entendait un programme de Sky rock, j'aime tant la musique dit la vieille femme, n'importe quelle musique. Avant, j'adorais danser. J'allais même au casino, parfois, quand il y avait un orchestre. Ensuite je filais sur la plage, c'était joyeux. Je mettais ma plus jolie robe, je faisais semblant d'être riche.

La bombe du Casino avait parfaitement fonctionné, elle, et la mer…

—Ils ont mis du sang sur le sable, si vous voulez tout savoir. Ils ont tous couru, ils étaient blessés, c'était sérieux. Ils ont laissé les morts à l'intérieur, sur la piste de danse. Des couples encore l'un contre l'autre… vous aimez danser, vous ? Vous allez dans les boîtes de nuit ?

—Pas souvent. Il faut qu'on nous laisse rentrer, déjà. C'est vrai, cette histoire de Casino ?

Dans la chaleur moite du taxi, le bouquet semblait s'être imprégné d'une odeur de menthe poivrée - spray senteur fraîche pour voiture, 500 ml, flacon rechargeable. Typhaine regardait Esma en silence, elle la contemplait à la recherche de la jeune femme révoltée des journaux, de la meurtrière *-la poseuse de bombes*, c'est ce qu'on avait écrit à l'époque. Elle l'observait qui perdait son regard dans le défilé des automobiles, des camions et paraissait l'avoir oubliée. Elle creusa comme elle savait le faire quand elle ne comprenait pas les gens, elle fit un trou dans ce corps voûté assis près d'elle et fouina à l'intérieur des chairs un peu molles pour y trouver le monstre. Pour le récupérer tout au fond, le faire sortir et regarder la tête que pouvait faire le Diable dans le corps d'une femme.

—Laissez, je ne suis pas si mauvaise. La nuit, je ne fais même pas de cauchemars.

107

***

Les femmes qui l'entouraient étaient prêtes à tout, elles lui ressemblaient. Elles étaient jeunes, plutôt mignonnes et très exaltées.

Elle eut parfois peur bien sûr, comme les autres, mais elle disait savoir pourquoi elle était là et que cela suffisait. Ensuite, elle ne manifesta aucun regret. Tout juste déplora-t-elle le mauvais branchement qui avait empêché sa bombe d'exploser. Cet imbécile avait dû inverser les fils.

Elle expliquait que sa révolte était juste, que toutes les révoltes étaient justes et violentes et nécessaires, qu'il ne fallait pas avoir inventé la poudre pour comprendre cela, la nécessité de tuer pour s'en sortir. La vieille histoire des causes justes, c'est ce qu'elle expliquerait plus tard à ceux qu'elle allait côtoyer dans les dîners parisiens où on l'invitait avec son mari. Et lui, se contenterait de sourire et de vider son verre.

On l'avait arrêtée avec les autres, et torturée et menacée. Au jeune juge, dans une salle glacée et sombre qui sentait le salpêtre, elle parla d'une mascarade -le mot résonna dans le prétoire improvisé et alla se heurter aux murs, sur lesquels il laissa quelques vilaines taches. Elle faillit être condamnée.

—Dans un roman que j'ai lu, lui dit un jour celui qui était devenu son mari, un homme tient sa bombe dans sa main comme on promène une bouteille de lait. Et toi ?

—Moi, elle me brûlait les doigts. Et ne me pose plus jamais ce genre de question, s'il te plaît. Ne me parle plus jamais de ce que j'ai fait. Rends-moi heureuse et fais-moi des enfants. De beaux bébés à qui nous donnerons des prénoms ensoleillés.

—Vous me trouvez impressionnante, vous aussi ? demanda Esma. C'est ce que les gens me disent souvent, que je les impressionne. Mais c'est qu'ils connaissent trop bien mon passé et tout ce qu'on y a ajouté, tout ce cirque. Regardez-moi, est-ce que je ferais peur à une souris ?

Elle avait ôté ses lunettes, ses yeux étaient rougis comme ceux d'une femme qui vient de pleurer.

—Ce satané collyre m'irrite les yeux, c'est épouvantable. Et je vois flou. Dites-moi… vous êtes si fraîche. Vous me laisserez à l'hôtel, n'est-ce pas ? Il ne faudra pas vous attarder. Si vous pouviez seulement demander qu'on mette ces fleurs dans un vase, pour qu'elles se portent bien.

Entre les deux femmes, le bouquet faisait quelques taches de couleurs vives. Une impression d'innocence, une distraction.

—Je dois rejoindre quelqu'un de toute façon, répondit Typhaine. Il faudra que je vous quitte assez vite.

—Quelqu'un, ce n'est pas une personne, c'est n'importe quoi. Ne dites pas n'importe quoi.

Typhaine rougit, elle détestait parler de sa vie et cette femme l'étonnait avec ses façons brutales.

—Il s'appelle Olivier. On s'est rencontrés au lycée, il y a longtemps. Mais on n'était pas dans la même classe, on se regardait de loin.

—Jolie histoire. Et vous l'aimez, il a de la chance. J'ai haï mon mari, bien sûr. Puis je l'ai aimé, j'ai été folle de lui. Lui de son côté, je n'ai jamais su. Il était myope comme une taupe et derrière ses lunettes de magistrat, on ne pouvait rien deviner.

—Je demanderai pour le bouquet, ne vous inquiétez pas. Ensuite je vous laisserai. J'irai à pied.

—Il vous attend pour dîner? Votre chéri, comment s'appelle-t-il déjà ? Je n'ai aucune mémoire des noms, pardonnez-moi. J'espère qu'il vous emmènera dans un bon restaurant. Mon mari faisait des kilomètres pour trouver les meilleures tables…mais vous, il faudra vous changer avant d'aller rejoindre ce garçon. Mettre une jolie robe et des talons. Parce que cette jupe… votre jupe est froissée, je l'ai remarqué à l'aéroport. Il faudra aussi vous maquiller un peu, vous faire un chignon.

—Arrêtez, je ne vais pas à une cérémonie !

Typhaine avait haussé les épaules et élevé la voix, le chauffeur lui lança un regard étonné dans son rétroviseur. Esma paraissait déçue, il y avait tant de choses qu'elle ne comprenait plus. Pour son mari, qui l'avait découverte dans la moiteur d'une salle d'audience, mal vêtue et décoiffée, elle se perdait en essayages. Pour lui elle voulait être la plus belle des femmes.

—Je vous parle de cette façon...murmura Esma. C'est que votre bonheur m'est important... je ne sais pas pourquoi.

Elle rit, regarda le bouquet.

—Peut-être est-ce à cause des fleurs !

Le chauffeur avait changé de station radio et monté le son, on parlait déjà de la visite d'Esma et l'on entendait sa voix au micro.

—Tous ces honneurs, quelle surprise. Quelle émotion.

—Si j'ai bien compris, c'est de vous qu'on parle, là, dit le chauffeur. J'irais bien un jour dans votre pays, avec ma femme. On dit qu'il y a de belles plages, des terrasses blanches et des cafés à tous les coins de rue.

—C'est le plus beau pays du monde.

Le taxi quitta l'autoroute et s'engagea dans une large avenue. Un homme traversa en titubant en dehors des clous, le chauffeur le klaxonna. Typhaine remarqua un couple assis sur un matelas, devant une bouche de métro. L'homme croisa son regard derrière la vitre du taxi et lui fit un signe.

***

Ce mois de Juillet connut plusieurs épisodes de canicule, avec 35 degrés à Paris. On se baigna dans les bassins du Trocadéro, on fit la queue devant les marchands de glaces et les touristes recherchèrent les terrasses à l'ombre, les cafés climatisés. À la fin et parce que cette canicule s'éternisait, les Parisiens hésitèrent à sortir. À l'intérieur d'un taxi roulant en direction d'un grand hôtel, tout près des Champs Elysées, deux femmes séparées par un bouquet de fleurs avaient cessé de parler. Et dans ce silence à peine bousculé par les publicités d'une station de radio, la plus âgée des deux se tourna vers la plus jeune et la regarda avec une grande tendresse. Et quand à la fin elle se résolut à rompre ce silence, elle dit, mais en lançant son regard droit devant elle, comme si les mots étaient sacrilèges et devaient être envoyés très loin, de l'autre côté du pare-brise afin qu'ils ne blessent personne :

—J'ai eu deux enfants, un fils et une fille. Et ma fille… ma fille, il aurait fallu qu'elle vous ressemble. Oui… tout aurait été plus facile alors.

Par la suite, le temps sur la France devint plus clément, en dépit d'un retour de grosses chaleurs dans le Sud-ouest au mois d'Octobre. Les gens en avaient assez, ils se plaignaient, réclamaient des saisons. Les femmes rêvaient de vestes en cuir et de jupes en flanelle comme elles en voyaient dans les magazines. Dans les vitrines, les collections d'automne semblaient cependant ridicules. Ridiculement déplacées et surexposées, avec le soleil qui n'en finissait pas de briller.

Mais l'hiver fut glacial.

La suite fut somme toute assez prévisible. Le taxi déposa les deux femmes devant l'hôtel où une chambre simple avait été réservée pour Esma, avec vue sur quelques belles façades haussmanniennes. Typhaine appela Olivier pour se décommander, parce que la vieille femme voulait qu'elle reste quelques heures auprès d'elle.

—Ne me laissez pas, avait-elle soufflé à la réception de l'hôtel. Je vous en prie, ne me laissez pas.

La voix s'était cassée, Typhaine n'avait pas pu refuser.

***

Elles s'installèrent sur des fauteuils dans l'un des salons, Esma s'endormit et Typhaine l'observa, longuement. A un moment, elle déposa le visage qu'on avait pu voir dans les journaux de l'époque sur celui de cette vieille femme qui respirait fort, le menton posé sur la poitrine. Cela ne collait pas exactement. La meurtrière et elle, qui avait discrètement enlevé ses chaussures.

—J'ai les pieds qui gonflent avec la chaleur, ça ne vous dérange pas si je me mets à l'aise? Lui avait demandé Esma.

Les deux visages peinaient à se poser l'un sur l'autre, celui qui dormait était plus rond et plus ordinaire -pas si beau. Un visage de femme qui a eu une longue vie, se dit Typhaine, des traits communs et inoffensifs. Elle fut rassurée et envoya au diable l'Histoire et ses batailles, les rebelles et les soldats, les bombes et les mitrailleuses, les uniformes et les sacs de plage.

Puis Esma se réveilla, en s'excusant de s'être ainsi laissée aller à la fatigue.

— Je ne suis pas d'une bonne compagnie, dit-elle en se redressant sur son fauteuil. Pardonnez-moi. J'aurais mieux fait de vous laisser partir.

***

Elles parlèrent ensuite longuement. Il fut question d'un port bruyant et d'un dédale de terrasses, de ruelles sombres et d'escaliers, d'ânes aux pattes graciles chargés de paniers qui sentaient la peste.

—Les camions ne peuvent pas monter dans nos rues, elles sont si étroites. Sans compter les escaliers, comment pourraient-ils ? Alors on n'a rien trouvé de mieux que les ânes. Ce sont des bêtes dociles, qui ne craignent pas les mauvaises odeurs. Et dieu sait que nos ordures empestent, dès qu'il fait chaud !

 Typhaine, de son côté, raconta sa cité contre le ciel et le regard des autres dans des amphithéâtres aux murs lambrissés, le regard des garçons sur elle, leur curiosité.

—Mais ça les aurait dérangés de m'inviter à leurs fêtes.

Des images défilèrent, chargées d'ombre et de lumière, des parfums forts vinrent rôder dans ce salon feutré -épices et pauvreté, insouciance aussi. Personne n'y prêta attention.

—Vous voyez, ici les gens ne me reconnaissent pas, dit Esma.

***

Les fleurs furent installées dans la chambre, le vase était trop grand et les roses s'écartèrent les unes des autres, les branches des graminées s'inclinèrent, le bouquet sembla vaciller. Quand la nuit vint, les deux femmes allèrent dîner ensemble sur la terrasse de l'hôtel. La soirée était brûlante, le soleil couchant dessinait des lignes parfaites. Esma picorait dans son assiette et jouait avec quelques miettes de pain, qu'elle faisait rouler sous ses doigts.

—Vos doigts vous trompent, il n'y a qu'une boule de pain et vous jureriez qu'elles sont deux… La vie vous trompe aussi, quand elle veut. Les mots eux-mêmes vous égarent. Les concepts. La dignité, tout cela. Quand ils pèsent sur vos épaules, vous ne vous en sortez plus.

Typhaine se dit à plusieurs reprises, au cours de leurs conversations, que cette femme pouvait se perdre dans de grandes banalités, mais qu'elle les rendait merveilleuses. Elle l'écoutait, acquiesçait. Riait aussi, avec elle.

—Un jour, mon mari a disparu, plouf, plus personne. Plus de rasoir dans la salle de bains, plus de brosse à dents électrique, rien. Juste son odeur sur l'oreiller et une chemise dans un placard, c'était peu de chose. Des reliques. J'ai enfoui ma tête dans l'oreiller, j'ai reniflé la chemise, ça ne l'a pas fait revenir. Gardez bien votre chéri et surveillez-le, les hommes ont vite fait de s'envoler par la fenêtre. Fermez les portes, tirez les volets, faites attention.

—J'étais à ce moment-là dans la nécessité de tuer, essayez de comprendre, même si c'est difficile. Mon mari lui, l'a fait. Ou alors condamnez-moi si vous le voulez, vous n'êtes pas à ma place. Qui est à ma place ?

— Les innocents ? Des femmes, des enfants, des représentants de commerce, un employé de mairie, un épicier dans sa chemise en nylon du Dimanche, deux soldats en permission… tant pis pour eux s'ils se trouvaient là. La loterie de la guerre, voyez-vous, une table sur une terrasse, une glace au citron dans une coupe parce qu'il fait chaud, que c'est un régal et hop, votre vie s'en va, vous n'y pouvez rien. Mais reprenez de ces pâtes, elles sont délicieuses et elles vont refroidir. Chez moi on en mange rarement, c'est dommage.

—Ma fille s'est fait couper les cheveux très court, le jour de ses vingt ans. Sur les photos qu'elle a envoyées, on aurait dit un garçon. Un garçon arrogant, il en existe des milliers sur cette côte, qui roulent au volant de leur pick up. Aujourd'hui elle porte toujours cette horrible coiffure, ses cheveux sont déjà gris et elle parle avec l'accent américain, au téléphone parfois j'ai du mal à la comprendre. Alors je la fais répéter et je sens que cela l'énerve. Vous ressemblez à votre mère, vous ? Mais laissez, je ne veux rien savoir d'elle, votre famille ne me regarde pas.

—Quel âge avez-vous déjà ? Vingt-trois ans ? J'avais le même âge que vous, exactement et je rêvais de m'en aller très loin, le plus loin possible, dans nos rues les trottoirs s'effritaient et l'air était irrespirable… je voulais de l'air, vous comprenez ? Avec mon mari, nous avons beaucoup voyagé. Nous avons pris des avions, beaucoup d'avions. Il ne tenait pas en place.

—J'étais belle et après lui j'ai eu des amants. Combien, je n'ai pas compté. Pas tant que cela. Savez-vous que dans vos pays les religieuses ont des maladies graves, qui les tuent plus tôt que les autres ? C'est parce qu'elles ne font pas l'amour, alors elles se dessèchent et deviennent des proies faciles, pour les microbes et les cellules perverses. Ne riez pas, je n'invente rien.

— Nous étions trois dans le quartier, trois filles du même âge, nous étions allées à l'école ensemble et pourquoi n'a-t-on retenu que moi ? Regardez-moi, est-ce que j'ai quelque chose de spécial, un regard plus dur, l'air de vouloir que tout s'écroule autour de moi ? Le serveur de ce restaurant n'a rien remarqué, lui. Il a déposé nos assiettes sur la table comme il le fait avec les autres clients. Et pour ce qui est de mon regard… les hommes que j'ai connus détestaient que je maquille mes yeux, ils disaient que j'avais l'air d'une fille… une fille, on employait ce mot à l'époque… vous devriez vous maquiller, vous, je vous l'ai peut-être déjà dit… parfois je me répète, je ressasse de vieilles histoires et j'ai beau les repousser.

— Ils m'ont brûlé le sexe et les seins. Les bouts de sein, oui. Ne faites pas cette tête, je ne sens plus rien. Presque rien, j'ai oublié la douleur, elle est devenue une idée. Ils m'ont brûlé les mains aussi, sur celle-ci il m'en reste une trace, regardez. Mais j'ai les mains d'une vieille femme à présent, cela n'a plus d'importance.

—Ils ont fait avancer mon petit frère, ils le tenaient par les épaules. Ils m'ont battue devant lui et j'ai crié. Je crois qu'il tremblait, je n'en suis pas sûre, dans cette obscurité je n'y voyais rien. Mais oui, il devait trembler. Et pleurer aussi, pleurer comme font les enfants. Moi non. Au procès devant le petit juge, j'ai éclaté de rire. Et vous savez… approchez-vous, que je vous dise… c'est à ce moment qu'il est tombé amoureux de moi, quand je lui ai lancé mon rire à la figure. Amoureux fou, disait-il. Mais cela n'a pas duré, il a dû se tromper.

—Vous ne voulez vraiment pas de dessert ? Une tarte aux fruits rouges, regardez la carte… vous faites attention à votre ligne, vous avez raison. J'étais mince autrefois et je plaisais aux hommes, ce qui me facilitait la vie. À présent c'est différent, ils s'inclinent devant moi comme devant une statue. Les jeunes, les vieux. S'ils se voyaient.

***

Les deux femmes restèrent attablées longtemps après que les derniers clients aient quitté le restaurant et dans le silence revenu on entendait leurs voix, leurs rires parfois. Puis elles durent se résoudre à se séparer, le service était terminé et l'on allait éteindre les lumières. Dans le hall de l'hôtel, on les vit s'embrasser. La plus âgée se dirigea ensuite vers les ascenseurs et si un membre du personnel avait pu apercevoir son visage, alors il aurait pu y lire une grande détresse.

La peur de la solitude

121

Ou cette peur de la nuit à peine installée

Ou un chagrin, juste un chagrin très inexplicable.

Mais de dos, on ne pouvait remarquer que des épaules un peu voûtées et des hanches larges. Quelques mèches rebelles à l'arrière du crâne, aussi, qui en s'écartant avaient dessiné une longue marque blanche. Rien de grave.

Une autre chose également prévisible se produisit : la nuit chassa l'enchantement de cette soirée et Esma oublia Typhaine. Du moins elle ne pensa pas à elle en se réveillant. Sa mission l'attendait, et la vie qu'il lui restait.

—Nous avons parlé de vous à ces familles, votre visite leur sera d'un si grand soutien. Mais vous savez tout cela.

Comme l'avait annoncé la météo, le ciel de Paris s'obscurcit au lever du jour, accablé par des jours de chaleur. Une chappe de plomb vint recouvrir la ville, faisant baisser les têtes et maudire ces étés capricieux. Un orage violent éclata vers neuf heures du matin, précédé par une série d'éclairs. Quand la pluie inonda les rues soudain noires, les gens coururent s'abriter sous les porches et à l'intérieur des cafés, des magasins, les voitures ralentirent, on prit d'assaut tous les taxis, les autobus, les métros et les trottoirs se vidèrent.

Du côté des familles perdues, on se serra les uns contre les autres sous les abris de fortune et la pluie pénétra à l'intérieur des matelas, ruissela le long des toiles de récupération qui servaient de cloisons.

Ce fut un vilain moment, brouillon et très sonore et dans la chambre d'hôtel où la vielle femme avait fait arrêter la climatisation au milieu de la nuit, les fleurs se fanèrent en quelques heures. Les roses d'abord, puis l'alstroemeria, l'eucalyptus. Les feuillages prirent une teinte grise, l'eau dans le vase devint opaque. Une odeur désagréable vint ensuite rôder entre les murs, imprégnant le tissu des rideaux, le dessus de lit, le mobilier. Vers dix heures, Esma appela la réception pour qu'on enlève le bouquet. Une femme de chambre se présenta aussitôt et ouvrit les fenêtres, avant de s'en aller, le vase serré contre elle comme on tient un enfant.

Rien d'étonnant à cela.

Ce que par contre on n'aurait pu imaginer, c'est le bruit que fit l'explosion quelque part dans Paris, en fin d'après-midi, sous le soleil déjà revenu. Les bureaux s'étaient vidés, les équipes de nettoyage s'apprêtaient à investir les locaux déserts. Sur les trottoirs, les pas s'affolaient en direction des bouches de métro, des stations de RER, des arrêts d'autobus. La ville s'épuisait à repousser ses foules bruyantes, elle réclamait un peu de calme, un laisser-aller aux douceurs du soir, à défaut de la fraîcheur attendue.

Et il y eut le bruit, tout à coup, qui s'entendit de loin. Quelque chose de très sourd d'abord, difficilement identifiable, puis le hurlement beaucoup plus familier des sirènes des secours tout au long des boulevards, une sorte de fil sonore, incroyablement strident et terrifiant.

Il y eut aussi les cris et le sang lorsqu'on s'approchait, la consternation et les visages hébétés, déformés par la peur, la parole impossible. Il y eut le spectacle déjà connu des bombes, dans cette station de métro dont on commençait à prononcer le nom un peu partout.

Il était question d'un Saint, qu'avaient à voir les Saints avec toute cette histoire ?

Le carnage avait commencé dans les sous-sols, puis il avait rampé le long des couloirs souterrains, des escaliers et jusque sur le trottoir, premier lieu de consternation éclairé par les derniers rayons du jour.

—Le pire est en bas, répétait-on comme si l'on se trouvait aux portes de l'enfer.

Et l'on tournait le dos à l'entrée de la station, on fuyait le spectacle hideux des profondeurs.

Ce à quoi l'on ne pouvait pas échapper cependant, à moins de fermer les yeux et d'avancer à l'aveugle, les bras tendus devant soi, c'est à cette petite stagiaire aux cheveux longs étendue par terre devant la station, au milieu des autres. Une jambe repliée, les bras en croix. Immobile et si jolie encore. Le visage intact, le corps attaqué, vêtements tachés.

Il y avait de quoi s'enfuir à toutes jambes, beaucoup le firent et manquèrent la fin de l'histoire :

car une silhouette incertaine apparut, quelques minutes après l'explosion. On aurait pu la deviner d'abord tout au fond du boulevard, mais il aurait fallu une grande concentration, tant cette présence était peu adaptée à la situation. Ou parce que les derniers rayons du soleil brouillaient l'horizon. On la décrivit plutôt comme sortie de nulle part -un corps penché, assez flou, une sorte de liane sombre, dirent certains témoins. Et la comparaison végétale finit d'amener le trouble dans les esprits.

Parvenue enfin à la hauteur de la jeune fille étendue par terre, la liane devenue carrément noire à cause de l'éclairage se pencha vers le corps immobile, caressa le visage meurtri et murmura quelques paroles. Il y était question d'abeilles et de pot de miel, de mouches et de crottin de cheval.

Quelle importance à présent.

Il aurait alors fallu sortir tout de suite cette ombre de là, bien sûr. Evacuer l'intruse et ses métaphores. Il aurait fallu que quelqu'un -un médecin du Samu, un passant hagard, un patron de café perdu au milieu de ses tables- lui réponde qu'elle n'avait rien à faire là, qu'elle gênait les secours et qu'un tel champ de bataille n'était pas un lieu propice à ce genre d'intervention. Que toute parole était inutile, désormais, tout chuchotement totalement vain. Mais à ce moment, dans le désordre de cette tragédie, on manqua d'à-propos.

Il est généralement difficile de s'adresser aux fées au milieu d'un trottoir, en plein Paris.

Esma avait passé deux heures auprès de ceux qui l'attendaient. Elle s'était inclinée, s'était accroupie devant les enfants, avait prononcé des paroles d'amour qu'ils ne comprenaient pas bien. Elle avait promis de revenir.

Elle apprit l'attentat dans la voiture qui la raccompagnait à son hôtel et ne sut rien de l'identité des victimes. Elle traversa la ville bouleversée au milieu des sirènes, le regard perdu droit devant elle. À quoi pensait-elle ? À qui ?

À la réception, le concierge lui remit les clés de sa chambre en souriant et lui souhaitant une très bonne soirée, car dans l'univers feutré où elle se trouvait, toute tragédie était exclue. Et quand elle ouvrit sa porte, la première chose qu'elle vit fut un bouquet de fleurs déposé dans un vase transparent, sur la table basse –lys et germinis, pas de roses. Le bouquet était pâle, teinté de couleurs pastel et il sentait l'air frais, les belles soirées, il avait un parfum qui faisait penser à la tendresse.

À l'insouciance, à la légèreté.

Un cadeau d'un admirateur, pensa-t-elle.

—Il y a eu une bombe dans le métro, lui avait dit le chauffeur de la voiture réservée pour elle. Le bruit, c'était ça.

—Ah oui, le bruit.

Le bruit des bombes, Esma. Le bruit des bombes tout près de la mer, au soleil

Réductions

Père Cristobal, il faut que je vous parle. Vous ne me connaissez pas, je n'étais pas encore né quand le mal vous a emporté. Des nuits de fièvre, une toux que rien ne pouvait arrêter, à la fin vous disiez manquer de souffle, vous tentiez d'aspirer tout l'air de la plaine au bord de la rivière et il a fallu un jour vous enterrer, c'est ce qu'on raconte. Et ce qu'on raconte aussi, c'est que le Chamane a tenté de vous sauver avec ses paroles et le bruit du tambour, lui qui a traversé déjà sa nuit noire, affronté ses propres ténèbres. Mais peut-être aviez-vous raison, cet homme est un charlatan disiez-vous, un danger parmi d'autres pour les Guaranis.

Il faut que je vous parle, c'est à propos de la cité céleste. Mes semblables l'ont fabriquée de leurs mains, des heures entières avec les outils que vous leur aviez apportés -couteaux et maillets, ciseaux à bois. Dans le tronc du cèdre ils ont sculpté vos icônes, des Vierges et des petits animaux et parmi ces figures, il y a ce Christ en croix. Tout petit, une miniature. Il peut tenir dans ma main. C'est de lui que je voudrais vous parler et ne me dites pas comme d'autres Pères le feraient qu'il s'agit là d'une mauvaise copie, que vos églises enferment de bien plus belles figures. Vous auriez tort, parce que voyez-vous, celui-là est un Christ qui parle. À cause du cèdre et de ce qui palpite encore à l'intérieur du bois, la miniature porte en elle l'esprit du monde, c'est le Chamane qui l'a dit.

131

Les Chamanes ont parfois raison. Pour le bois, surtout et ce qu'il renferme.

Vous n'aimiez pas cet homme et je vous comprends, vous n'aviez pas fait un tel voyage pour rien. Vous n'aviez pas supporté les jours et les nuits passés en mer, les attaques des moustiques et des mouches qui peuplent notre ciel, la crainte des termites et la chaleur insupportable de ce pays pour plier devant celui qui prétendait tout savoir. Vous détestiez les sortilèges et ces tours de magie dans lesquels vous avez trouvé les miens emprisonnés, tous. Je connais votre histoire, je sais que vous avez pris un bateau avec vos frères jusqu'à Buenos Aires, que de là vous avez remonté le Parana sur des radeaux, que vous avez pensé mourir sous les coups du soleil, l'épuisement, les nuits sans fin. Votre peau a été brûlée, les insectes ont couvert vos joues de pustules que vous avez grattées au sang, vous avez craint les maladies qui tuent ou rendent fou et vous avez tenu bon. Pour eux. Le chamane le savait, même s'il n'en disait rien.

Le petit Christ sur sa croix a les mains et les pieds en bois, ces petits fragments sculptés que vous aviez apportés depuis l'Espagne, avec les luths et les violons et les Guaranis de leurs mains maladroites ont ajouté le reste, un torse, des jambes, des bras. Je sais que vous leur avez montré comment faire, je connais les images que vous avez sorties de vos sacs en même temps que les haches et les outils en fer. Ces statues de Michel Ange, du Bernin, d'Ordonez. J'ai pu les contempler à me brûler les yeux, trop curieux de voir ce qui venait de chez vous, de votre monde où la vie est grande. Trop admiratif, presque soumis. Je reconnais avec vous qu'on peut toujours faire mieux, que les Guaranis ne sont pas des artistes. Bien sûr. Mais voyez comme le fils du Seigneur regarde droit devant lui, entendez comme il nous parle. Je sais que vous l'écoutez, vous aussi là où vous êtes à présent et que sa voix vous est devenue familière. Le chamane lui, disait qu'il n'entendait rien à ces paroles, il se contentait du sifflement du vent dans les arbres, des bruits étranges de la jungle au loin derrière Asuncion. Et il allait raconter ses histoires aux miens, leur disait que tout est ici et dans d'autres mondes, que la moindre feuille qui tombe est sacrée. Vous pensiez, vous, que ce n'était que des balivernes et qu'il aurait mieux fait de couper ses cheveux, au lieu de parler.

Mon grand-père a coupé ses longues nattes pour vous obéir, mon père l'a fait pour obéir à son père et moi-même regardez-moi, si vous pouvez me voir encore, de là où vous vous trouvez. En haut dans ce Paradis dont vous parliez, ou tout près de nous comme disait le Chamane.

133

Regardez-moi

Et dites-moi si je ressemble encore à un Guarani, *un de ces sauvages* auriez-vous dit. Dites-moi si je n'ai pas une allure d'Espagnol, avec mes cheveux courts et ma barbe bien taillée.

Vous seriez fier de moi, je vous assure.

Vous êtes venu avec les autres, vos frères jésuites de la mission de Saint Ignace et vous avez créé les *réductions,* vous aviez choisi ce mot, que je n'ai jamais bien compris. *Reducciones,* disiez-vous avec fierté et vous parliez de leur bonheur à eux, du partage des biens, de la civilisation enfin installée au milieu de la jungle. Car vous avez inventé cela pour eux, ces lieux où vous leur avez fait construire des bâtiments en pierre et où ils allaient enfin vivre en paix. Puis vous leur avez appris l'Espagnol, votre langue. Ils étaient anthropophages, rongeaient les os de leurs ennemis jusqu'à ce qu'il ne reste plus un morceau de chair et vous leur avez enseigné qu'il était péché de manger son semblable. Ils prenaient plusieurs femmes et vous leur avez dit l'histoire d'Adam et Eve, de Jésus et Marie Madeleine. Ils vivaient nus et vous leur avez appris à se vêtir. Avec vous ils ont cessé de fuir les chasseurs d'esclaves venus de Sao Paulo, car vous les avez protégés. À l'intérieur des murs de la *réduction*, personne ne pourrait venir les attaquer leur

134

disiez-vous et alors parfois ils vous ont pris pour
de nouveaux chamanes, vous aussi, ont pris vos
prières pour des paroles de sorciers. Plus tard,
parce que parfois vos paroles étaient fausses, les
Brésiliens chasseurs d'esclaves sont revenus et
vous avez conduit les Guaranis vers l'Ouest pour
les sauver. Vous avez marché avec eux, intermina-
blement. Vous laissiez vos morts sur la route sans
même pouvoir les déposer sous terre et avec eux
vous avez combattu leurs ennemis. Vous vous
êtes fait vous-même Capitaine, Chevalier, Soldat
d'une armée désespérée. Plusieurs de vos frères jésuites ont péri dans ces batailles, mais vous avez
chassé le Mal, à la fin. Ce sont de mauvais souvenirs que je ne voudrais pas remuer.

Grâce à vous les Guaranis ont eu leur propre
terre. Ils ont cultivé les haricots et l'herbe à thé qui
rend plus fort, ils ont planté la vigne et ont appris
à partager leurs récoltes. À donner, à recevoir.
Vous étiez content de vous, le chamane aurait
voulu vous voir disparaître, il vous trouvait enva-
hissants, tous, ne comprenait pas. Il vous disait va-
niteux, imbus de votre pouvoir et de vos connais-
sances, de votre culture, le cœur tout plein de ces
terres lointaines d'où vous veniez.

Mon père prononce encore des paroles pareilles
mais il est vieux à présent, je le laisse parler.

135

Vous avez aboli toute monnaie, interdit toute condamnation à mort, tout festin de chair humaine et quand la tâche vous paraissait trop difficile, quand les Guaranis se refusaient à vos méthodes, parce que cela arrivait et que nous sommes un peuple têtu, alors vous alliez prier St Ignace de Loyola, le prêtre de Guipuzcoa, afin qu'il vous aide. Vous vous êtes souvent agenouillé devant sa statue et vous l'avez imploré, afin qu'il vous accorde le don de persévérance.

Qu'ont-ils fait de cette statue, ceux qui sont venus et ont tout détruit, n'ont laissé que des ruines ? Et qu'ont-ils fait de mon père ?

Il faut que je vous parle de ce petit Christ en bois sculpté par l'un des miens, père Cristobal. Voyez comme ses pommettes sont pointues, qui parmi nous possède un tel visage? Si vous les aviez laissés faire, ils auraient peint son corps comme ils le faisaient encore pour eux, quand vous êtes arrivés, tous. Ces décorations vous ont déplu, vous avez dit être *horrifié*s. Mais vous avez tant aimé les Indiens, à ce qu'on dit. Vous vouliez tant qu'ils connaissent la paix. Et le Paradis.

Le Chamane disait que vous étiez un grand rêveur et que lui pouvait tout aussi bien faire le mal, que c'était une chose prévue et qui n'était pas un problème, une forme de bascule. Il répétait qu'il n'était pas un enfant de chœur comme vous et vos frères et ses plaisanteries vous agaçaient, vous le renvoyiez dans sa cahute, avec ses potions et ses plumes. J'imagine vos gestes las, vos regards. Je n'ai jamais vu un seul portrait de vous mais je connais les récits, je sais que vous étiez un géant et que votre dos se voûtait à mesure que les travaux des champs avançaient. Parce que vous aidiez les Guaranis à faire sortir des trésors de la terre. Le Chamane, lui, ne voulait pas salir ses mains et je pense encore qu'il avait de bonnes raisons. Quand il est mort, je sais que les miens ont pris grand soin de son corps, qu'ils ont accompli les rites qui lui revenaient avec délicatesse, pour l'honorer.

Les os ont été lavés dans la rivière, l'un après l'autre -les grands os, les petits, ils les ont ornés de plumes et ont brisé son crâne pour que son âme puisse s'en aller tranquille.

Une âme de Chamane est précieuse, elle peut prononcer des oracles. C'est ce que j'ai appris des miens.

Père Cristobal, je sais que vous avez tenu cet objet qui n'a l'air de rien entre vos mains, que vous l'avez fait tourner entre vos doigts, dans la moiteur de notre pays, pour évaluer le travail des Indiens. Ou parce que c'était le Christ et que vous aimiez cet homme-là, vous l'avez assez répété. Le bois n'était ni froid ni brûlant, juste tiède comme peuvent être les troncs des arbres et les portes de nos maisons. J'imagine que vous avez observé le visage de Jésus, regretté la longueur trop importante du torse, la maigreur impossible des mollets - ces erreurs de débutants. Le cèdre a noirci avec les années, aujourd'hui la statuette vous paraîtrait sûrement méconnaissable. Elle se trouve dans ma poche, elle est la seule chose que j'ai pu sauver avant de fuir avec mon frère. Mon père l'avait toujours gardée près de lui comme un trésor et le père de mon père. Dans les cris des miens et le vacarme du massacre, dans l'odeur de poudre j'ai tendu la main vers elle et je l'ai attrapée comme on le fait d'un enfant qui se noie. Dans ma poche elle ne craignait plus rien.

Car ils sont venus d'Espagne, du Portugal avec leurs armes. Vos pairs transformés en bêtes sauvages. Ils ont tué, brûlé, ils ont tout détruit, San Miguel, Santos Angeles et d'autres *réductions* encore. Père Cristobal, ils ont défait ce que vous aviez construit dans votre bonté, nos maisons qui se touchaient pour que nous restions unis et la chapelle où les miens vous voyaient vous agenouiller. Vous disiez alors qu'il fallait vous laisser tranquille et l'on raconte qu'ils se cachaient derrière la porte, les planches étaient mal jointes et ils essayaient de vous voir.

Ils ont tout détruit comme l'auraient fait des fauves ou une armée de brigands et moi, j'ai fui vers le Nord avec mon frère blessé, tout au fond de la forêt. Je l'ai soutenu quand il trébuchait, j'ai hurlé pour qu'il me suive.

Je ne sais pas depuis combien de jours et de nuits nous sommes là tous les deux, ni où nous nous trouvons à présent. Ici les arbres collent leurs branches entre elles, ils montent si haut qu'on ne peut pas voir le soleil, ni la lune et je dois compter les heures dans ma tête. La jambe de Giohanny le fait trop souffrir, nous avons dû arrêter notre marche et je lui ai fabriqué un tapis de feuilles pour qu'il s'allonge. La blessure n'est pas belle, la peau tout autour se boursoufle comme la pâte du pain sur le feu, les plaies sentent quand on s'approche et les mouches le savent, elles tournent autour de lui, tentent de se poser là où l'on voit apparaître les chairs et je les chasse du mieux que je peux. J'essaye de le rassurer aussi, il a peur, il est si jeune. Je sais qu'il a de la fièvre et que bientôt il délirera, car quand il me regarde… parfois il ferme les yeux et quand il les rouvre, alors il me semble qu'un long discours est à l'intérieur de ses pupilles, si noires. Je lui ai aussi ôté sa chemise, qui était mouillée de sueur et le voilà à demi-nu devant moi. Si vous pouviez le voir.

Si vous pouviez, Père Cristobal. C'est cette chose-là que je voulais vous dire.

Car le torse de mon frère, si long, est comme celui du Christ fait dans le bois de cèdre et ses jambes sont maigres et ses pommettes sont devenues pointues comme les siennes et ses yeux sont les mêmes, exactement les mêmes. Je pourrais sortir la statuette de ma poche, la poser à côté de lui et comparer, mais à quoi bon ? Je risquerais de l'oublier dans les herbes hautes, de la laisser à la forêt qui la cacherait bientôt au milieu de ses lianes.

Il y a aussi autre chose, père Cristobal, il y a ce que j'entends un peu -à peine, en collant mon oreille au visage brûlant de mon frère- ce sont les mêmes paroles, dont vous parliez autrefois et qui se trouvent dans votre livre. Mon père et le père de mon père m'ont parlé de ce livre, des histoires qui y sont racontées. Le Chamane disait que les hommes inventent des bêtises, que seule la forêt peur raconter des histoires. Moi je n'en sais rien, tout cela est trop difficile et j'ai faim et soif et je ne veux pas que mon frère s'en aille, je n'ai plus que lui pour marcher dans la forêt.

Mon frère qui a le corps et le visage de votre Christ et qui me regarde par moments comme le fait l'autre dans son bois de cèdre. Parce que tout entre en relation, je crois. La chair et le bois des arbres, votre Dieu avec son fils et nous avec nos esprits.

Voilà ce que je voulais vous dire, père Cristobal et je pense que le Chamane serait content de m'entendre.

FIN

Coulisses

Si vous êtes parvenu jusque-là, je peux imaginer que vous avez lu ces nouvelles. Mais peut-être commencez-vous les livres par la fin. Peut-être aussi vous contenterez-vous de cette dernière page, dans l'espoir d'en finir au plus vite.

Je ne sais pas.

En tout cas voici mes sources d'inspiration :

La première nouvelle est inspirée (très librement) d'une photographie qui a fait le tour du monde, le Madone de Bentalha.

En ce qui concerne la deuxième nouvelle, Anne Gwynne et son sourire hollywoodien ont vraiment existé. Le frigidaire jaune qui se déplace chaque fois qu'on l'ouvre est une métonymie : j'ai rassemblé en une seule image mon ancien frigo, très jaune et le nouveau, gris mais qui se déplace quand on l'ouvre.

Et puis il me fallait une vraie icône pour ce recueil, quelque chose de doré -une image devant laquelle les gens s'agenouillent. Il existe plusieurs représentations de Sainte Xenia, protectrice des femmes stériles et des célibataires, des alcooliques, des drogués et autres malheureux de la terre.

Pour écrire Le bouquet, je me suis replongée dans quelques souvenirs d'enfance -et dans l'histoire de ce pays que je ne peux pas oublier.

Enfin, la cinquième nouvelle m'a été inspirée par la reproduction d'un petit Christ en bois originaire du Paraguay, apparue un jour miraculeusement sur Facebook.

Je vous embrasse

Carmen L